이기적
우주론

이기적 우주론

발행일	2016년 02월 03일			

지은이	Dr. John Doe (존 도우)			
펴낸이	손 형 국			
펴낸곳	(주)북랩			
편집인	선일영	편집	김향인, 서대종, 권유선, 김성신
디자인	이현수, 신혜림, 윤미리내, 임혜수	제작	박기성, 황동현, 구성우
마케팅	김회란, 박진관, 김아름		
출판등록	2004. 12. 1(제2012-000051호)		
주소	서울시 금천구 가산디지털 1로 168, 우림라이온스밸리 B동 B113, 114호		
홈페이지	www.book.co.kr		
전화번호	(02)2026-5777	팩스	(02)2026-5747

ISBN	979-11-5585-902-5 03810(종이책)	979-11-5585-903-2 05810(전자책)

이 도서의 국립중앙도서관 출판예정도서목록(CIP)은 서지정보유통지원시스템 홈페이지(http://seoji.nl.go.kr)와
국가자료공동목록시스템(http://www.nl.go.kr/kolisnet)에서 이용하실 수 있습니다.
(CIP제어번호: CIP2016003273)

성공한 사람들은 예외없이 기개가 남다르다고 합니다.
어려움에도 꺾이지 않았던 당신의 의기를 책에 담아보지 않으시렵니까?
책으로 펴내고 싶은 원고를 메일(book@book.co.kr)로 보내주세요.
성공출판의 파트너 북랩이 함께하겠습니다.

첫 번째 이야기
β 베타 우주론

이기적 우주론

Dr. John Doe (존 도우)

당신의 삶을 바꾸어줄 새로운 열쇠!
'운명'을 내포하는 '우연'에 관한 이야기

북랩 book Lab

프롤로그

세상은 수많은 '**우연**'의 연속에 의해 흘러가는 것일까?
아니면 '**운명**'에 의해 정해진 궤도를 따라가는 것일까?

당신, 아니 우리는 이 물음에 대해
명확한 답을 할 수 없습니다.

그런데 역사상 가장 많은 사유의 에너지가 투입되었음에도
왜 '우연'과 '운명'에 대한 명쾌한 대답은 없는 것일까요?

어쩌면 우리가 배우고 또 사용해 온 세상에 대한 관점이
잘못되어 있는 것은 아닐까요?
어쩌면 우리의 관점이 잘못되지 않았어도

잘못된 것이라고 받아들여야 하지 않을까요?

오랜 시간 동안 해온 저만의 독특한 이야기를 하려 합니다.

과거, 현재, 미래의 동시성에 의해 드러나는 우연과 운명의 속성. 그리고 이런 새로운 우주를 바라보는 시각에 입각한 **인간의 자유로운 삶의 가능성**에 대한 이야기입니다.

목차

나의 빛, 사랑하는 나의 아내,

그리고 아들에게

이성의 아름다움을 가르쳐 준

스승님들께 감사하며.

이 글은

신이나 인간의 영적 영역에 대한

이야기가 아닙니다.

When you're alone, silence is all you'll be

– Katherine Jenkins **<Abigail's Song>** 중에서

나의
아들에게

나의 아들에게.

아들아 이 이야기는 원래 아주 어두운 이야기로 시작된단다.

원래는 말이지 "거기엔 아무것도 없었다."라는 첫 문장으로 시작되었단다.

그렇게 글이 시작되어서 어느 정도까지 글을 썼는데, 아빠는 아무래도 지금처럼 이렇게 서두라도 쓰는 게 낫겠다는 생각이 들었다.

좀 더 밝게 말이지. 네가 읽을 수 있도록 말이야.

제목도 어두운데, 글의 시작부터 무거운 내용이면, 내심 네가 이 글을 한 장도 채 보지 못하고, 덮어버릴 거라는 생각을 했다.

물론 이 책을 읽기까지는 시간이 많이 필요할 게야. 아빠도 이제 나이가 곧 마흔인데, 이제서야 이러한 생각들을 정리할 수 있었으니까 말이다.

하지만 이제라도 이런 이야기를 너에게 들려줄 수 있어서 아빠는 참 행복하단다.

네가 이 글을 보고, 좀 더 열린 마음으로 세상을 바라보며 살 수 있다면 말이야.

하지만 나이 좀 먹고 읽으렴. 어린 나이에는 이해하기 힘든 이야기들이란다.

물론 나이 먹고 나서 읽는다고 해서, 쉬워지지는 않을 게다. 역시 어려운 내용이지.

이 내용들이라는 것이, 어쩌면 이야기를 듣는다고 해서, 이야기를 읽는다고 해서 이해할 수 있는 것들은 전혀 아니란다. 살면서, 겪고 생각하고, 또 겪고 생각하면서 쌓아가는 탑 같은 것이란다.

게다가 말이지, 아빠는 그렇게 능력자가 아니란다. 도대체가 『이상한 나라의 앨리스』의 저자 루이스 캐럴처럼, 어려운 과학적 이론을 흥미롭고 신기한 이야기로 바꾸어서 설명[1]해 줄 능력이 없다는 게 문제이기도 하다. 고슴도치 골프채라든지, 카드 병정들이라든지, 그런 걸 만들어낼 정도로 아빠는 상상력이 풍부하지도 않단다. 게다가, 루이스 캐럴처럼 어느 한 사람에 대한 사랑도 지대하지가 않지.

이 글의 주제는 우주란다.

우주. 우리 아들, 우주를 생각하면 무섭지 않니? 왠지 어두울 것 같고, 외로울 것 같고 말이지.

하지만, 〈스타워즈〉[2]나 〈은하수를 여행하는 히치하이커를 위한 안내서〉[3] 같은 그런 밝고 재미있는 영화를 보지 않고서

---

1) 『이상한 나라의 앨리스』는 영국의 작가인 찰스 루트위지 도지슨(Charles Lutwidge Dodgson)이 1865년에 '루이스 캐럴(Lewis Carrol)'이라는 필명으로 발표한 동화이다. 작가인 찰스 루트위지 도지슨은 원래 옥스퍼드 대학교 수학과에 재학 당시에 학장인 헨리 리델의 집을 방문해 배를 타고 놀러갔을 때에, 리델의 세 자매에게 들려주던 이야기를 편집해 책을 발행하게 되는데, 이것이 『이상한 나라의 앨리스』이다. 기호논리학과 수학퍼즐을 좋아했던 수학자 루이스 캐럴은 다른 작가들의 작품에서 볼 수 없는 수학과 논리학에 기반하고 있는 이야기들을 동화적 비유를 통해 엉뚱하고, 재미있게 들려준다.

2) 〈스타워즈〉는 조지 루카스(Jeorge Lucas) 감독에 의해 시작된 SF 시리즈물이다. 원래 총 9편으로 계획된 대형 시리즈로, 1977년 4편 개봉을 시작으로 하여, 5편, 6편, 1편, 2편, 3편의 순서대로 개봉이 되었다. 2016년 현재, 7편까지 개봉이 되었으며, 방대한 규모의 우주 전쟁을 다룬 이야기로, 신화 같은 이야기와 흥미로운 스토리로 많은 팬층을 형성하고 있는 작품이다.

3) 〈은하수를 여행하는 히치하이커를 위한 안내서〉는 가스 제닝스(Garth Jennings) 감독에 의해 제작된 영화로 2005년 개봉되었다. 이오인 콜퍼(Eoin Colfer)의 동명 도서를 바탕으로 만들어진 영화로, 현실 세계에 대한 비판을 톡톡 튀는 창의적인 이야기로 보여주는 SF 영화이다.

라도, 우주라는 곳은 아주 밝은 곳이란다.

그래도, 왠지 읽기가 부담되기는 하지?

아빠는 이 글을 쓰면서 줄곧 걱정이 되는 게 있는데, 아빠의 과거 경험에서 그 이유를 찾을 수가 있어.

예전에 아빠의 부모님, 그러니까 너의 할아버지, 할머니 집은 아주 가난했단다. 그래서 아빠는 대학에 진학한 후에도 과외를 하면서 학비를 마련해야 했지. 그런데 말이야, 아빠가 학생들에게 수학이나 과학을 가르치면, 학생들이 너무 힘들어 하더라고. 아빠는 정말 쉽게 설명을 해 주었는데 말이야. 수학이나 과학뿐 아니고, 가끔은 세상에 대해서 설명을 해 주었는데, 역시 학생들은 많이 힘들어 하더라. 결과적으로 아빠가 과외를 한 학생들은 모두 원하는 대학에 가지 못했단다.

그때 아빠는 '내가 공부와 삶을 통해 배우고 만들어낸 비법 같은 것들은 함부로 누구에게 가르치면 안 되는 거구나.' 하고 느꼈단다.

난 정말이지 명제, 미분, 적분, 지수함수, 로그 함수, 삼각함수, 확률, 통계, 그런 것들을 말이지 '왜 필요한가?'에서부터, 왜 이런 접근이 대단한 것인가를 아주 재미있고 흥미롭게 이야기했는데 말이야.

저 반짝이는 별을 보고, 저 별이 얼마나 빛나고 있는지 우리가 좀 더 이해하기 쉽게 로그라는 것이 생겼다는 설명. 버스 바퀴에 달라붙은 무당벌레가 땅을 바라봤을 때 얼마나 멀게 느낄지를 삼각함수로 풀면 알 수 있다는 내용. 아름답다고 생각하지 않니? 이성 밖의 영역을 이성으로 이해할 수 있는 영역으로 끌어들인 대단한 것들인데 말이야. 그런데, 결론은 모두 다 실패였다. 그 친구들은 어떤 재미도, 흥미도 느끼지 못했다. 오히려 가끔 익명으로 나에 대한 욕을 문자로 날리곤 했지.

하지만, 이 이야기는 아주 중요한 이야기란다.

아빠가, 이제 서른일곱이 된 아빠가, 그동안 모든 대부분의 시간을 투자한 아주 중요한 이야기란다. 아빠는 참 독특한 삶을 살았어. 아니 독특한 삶의 방식을 가지고 있다고나 할까? 습관 같은 건데 말이지, 아빠는 항상 생각하는 버릇이 있단다. 길을 갈 때에도, 땅만 보며 생각을 하고 걷는단다.

아마도 아주 어렸을 때부터였던 걸로 기억이 난다. 초등학교 때에도, 아빠는 그런 모습이었거든. 등하교길 내내 땅만 보며 걸어 다녔단다. 파트리크 쥐스킨트의 『좀머 씨 이야기』[4]의 좀머 씨처럼 말이지. 다행히도 남들과 같이 있을 때는 그런 모습을 잘 보여주지 않고, 잘 어울렸기 때문에, 사람들이 그런 걸로 나무라거나 뭐라 하지는 않았다. 하지만 그게 아빠의 버릇이었단다.

지금도 사는 방식은 별로 변한 게 없다. 항상 땅을 보고 걷지. 그래서 아빠의 걸음걸이는 마치 금방이라도 넘어질 것 같은 모습을 하고 있어. 이런 모습이 어찌 보면 어깨를 움츠린 것으로 오인된단다. 그래서 많은 사람들이 이야기를 하곤 하지. "어깨 좀 펴고 다니지." 하면서 말이야. 맞는 이야기야. 양쪽 바지 주머니에 손을 넣고, 당당하게 걸어 다니는 것도 아주 재미있겠지. 그런 자세를 취할라치면, 눈은 앞을 보게 되니까. 양쪽 바지 주머니에 양손을 넣고 말이야, 거기에다가 별표 무늬의 컨버스화까지 신고 걸어 다닌다면, 그야말로 멋

---

4) 『좀머 씨 이야기』는 독일 작가 파트리크 쥐스킨트(Patrick Suskind)의 중편 소설이다. 한 소년의 눈에 비친 추억 속의 이웃인, 항상 배낭을 짊어지고 시간에 쫓긴 듯이 이 마을 저 마을로 걸어다니기만 하는 좀머 씨에 대한 이야기이다. 은둔자의 행태를 통해 삶의 의미에 대한 이야기를 들려주는 책이다.

지겠지?[5]

　그런데 그럼 사람들이 눈에 보여서 너무 싫어. 특히 아빠가 일하는 곳에서는 아픈 사람들이 너무 많이 보인단다. 그래서 항상 마음이 아프지. 네가 태어나고 나서는 이제는 유모차에 있는 아이들만 봐도 마음이 흔들거려서 더 싫구나. 그래서 아빠는 여전히 땅만 보고 걸어 다니고 있다. 땅만 보면서, 걸어 다니는 버릇은 비록 다른 사람에게 이상한 사람이라는 인상을 주기도 하고, 어쭙잖은 사람이라는 인상을 주기도 하지만, 그래도 생각을 쉬지 않고 연속적으로 할 수 있다는 장점이 있어. 깨어 있는 동안 쉬지 않고 생각을 할 수 있다는 장점이 있지.

　그렇게 오랜 시간 생각하고, 또 생각해서 배우고 익힌 내용들이지만, 오늘도 밖에 나갔다가 느낀 것처럼, 아마도 아빠의 이 이야기에 세상 사람들은 관심이 없을 거야. 그중에 많은 사람은 하루하루 자기 앞길 살기에 정신이 없을 테고, 그중 많은 사람은 이런 생각이 무슨 쓸모가 있냐고 생각할 거란다.

---

5) 저자는 영국 BBC의 드라마 〈닥터후〉의 주인공인 닥터를 염두하고 이런 표현을 사용했다. 주인공인 닥터는 갈라프레이 행성 출신의 외계인으로, 공중전화 박스 모양의 타임머신을 타고 온 우주를 여행한다. 이 드라마에서 닥터는 항상 롱코트에 컨버스 운동화라는 서로 어울리는 듯하면서도 어울리지 않는 복장으로 등장한다.

하긴 내 생각에도, 별로 쓰잘데기없는 생각이기도 한 것 같긴 해. 그리고 이제 하려는 이야기가 매우 정교화- 영어로 하자면 tailored라고 할까 -되어 있는 그런 이야기라서, 이 글을 읽는다손 치더라도, 아마도 아빠가 하려는 이야기를 이해하는 사람은 아주 적은 수일 거란다. 하지만 사람들이 이 이야기를 이해하지 못하는 것은 그 사람들의 이성이 부족하고, 경험이 부족하고 그런 것에 이유가 있는 것은 아니란다. 사람들은 제각기 다른 외모를 가지고 있듯이, 제각기 다른 형태의 세상에 대한 이해를 가지고 있단다. 그리고 각기 다른 방식으로 세상에 적응해 나가게 되지. 하지만 각각 세상에 적응하는 방식은 실로 놀랍고 대단하고 완전한 방식이지. 이 척박한 환경에 적응해서 죽지 않고 살 수 있다는 것, 웃기도 하고 울기도 하고, 하면서 살아가고 있다는 그 사실은 실로 놀라운 것이란다. 따라서 이 이야기를 이해하지 못한다고 해서 뭐라 할 것도 없고, 그 사람들도 이 이야기를 쓴 나에 대해서 뭐라 할 수도 없는 것이지. 그저 다른 삶의 방식이니까.

아들아, 지금은 이 세상이 뭔지 잘 이해가 가지 않을 게다.

하지만 시간이 조금 지나면, 세상을 보게 될 거야. 조금씩 조금씩 더 말이다.

세상을 쉽게 이해하는 그나마 가장 간단한 팁을 하나 이야 기해 주마.

정말이지 이상한 사람들이 있어. 어리석다기보다는 이상한 사람들이라는 표현이 맞는 것 같다. 수학, 그거 배우면 세상에 나가서 뭐에 써먹느냐면서 칭얼대는 사람들 말이야. 그건 그 사람들이 수학을 쓸 줄 몰라서 못 쓰는 것이란다. 아마도 그 사람들의 머리가 그뿐인 거지. 거기에다가 그 사람들은 자신 의 능력이 그것밖에 안 된다는 사실 자체도 모르고 있는 것이 란다. 세상은 자기가 아는 만큼밖에 보이지 않는 법이니까. 물 론 수학보다 더욱 우수한 인생에 있어서의 필수 요소들을 생 각했을 때, 수학이 상대적으로 덜 중요하다는 의미로 그런 이 야기를 하는 사람이 대다수일 거라고 아빠는 생각한다. 수학 이 정말 쓸모없다고 생각하는 것은 아니겠지. 설마.

하긴 세상에 어떠한 것들도 서로 닿을 수 없다는 괴이한 상 식[6]을 알고 살아가느니보다는 그게 나을 수도 있겠다. 그래서

---

6) '세상에 어떠한 것들도 닿을 수 없다'는 상식은 저자가 생각하는 자신만의 상식이다. 저자는 '동전 을 떨어뜨렸을 때 동전은 왜 땅 위에 멈춰 있을까?'라는 질문에 대하여, 거리에 반비례하면서 커

이 기 적
우 주 론

그런 수학에 대한 혐오가 생겨나게 되었는지도 모르겠다. 하지만 수, 더하기, 빼기, 기하학, 미적분, 삼각함수, 지수로그함수, 통계, 이런 것들을 배우면 말이지, 세상이 정말 재미있단다. 그리고 아주 살기 편해지기도 해. 하긴, 살기 편해지려면, 상대적으로 다른 사람들이 그런 것들을 삶에 이용하지 못해야 하겠지. 그런 면에서 보면, 아까 말한 그 칭얼대는 사람들이 도움이 된다고 볼 수도 있겠다. 하지만 수학을 잘 못하는 사람들에 대해서, 우월 의식을 가질 필요는 없다. 그런 사람들은 수학을 잘 못하더라도, 세상에 적응하기 위해 다른 방식의 접근 방식을 만들어내거든. 그리고 그 방식은 아주 쓸 만한 것 같아 보인다.

이런. 어찌 이렇게 되었을까? 아들에게 "수학 잘해야 한다."는 이 한마디 하는 게 왜 이렇게 힘든 건지.

하여튼 너는 수학을 열심히 해야 한다. 그냥 외우는 게 아니라, 뼈 속까지 사무치게 익혀서, 그걸 응용할 줄 알아야 한다. 아마 세상을 사는 데 한 30퍼센트는 쉬워질 거야. 수학의 이

지는 동전과 땅의 서로 밀어내는 힘 때문이라고 생각하고 있다. 동전과 땅이 0에 근사한 거리로 가까워졌을 때, 동전과 땅의 서로 밀어내는 힘은 무한대에 가까워지게 되어, 동전과 땅은 서로 닿을 수 없고, 동전은 땅을 통과하지 못하고, 땅 위에 멈추게 된다는 것이 저자의 상식적인 생각이다.

로운 점 중 중요한 또 한 가지는, 세상일이 힘들고 지칠 때, 수학적인 생각은 너를 지켜주는 아주 중요한 버팀목이자 위안이 될 것이라는 거야. 자신이 왜 이런 상황에 처하게 되었는가를 생각하게 해주지. 살면서 자연적으로 쌓아가는 경험이라는 것이 더해진다면 수학은 정말 엄청난 능력을 발휘한단다. 네가 나약하지만 당혹스러운 감성에 흔들릴 때, 너를 지켜줄 것이다. 큰 것은 작은 것을 포함한다는 명제가 너를 가장 먼저 지켜줄 거야.

하지만 잊지 말거라. 쉬워진다는 것이지 나아진다는 것은 아니다. 삶을 쉽게 살 수 있다는 것이지, 그것이 너를 더 높은 곳에 데려다주는 것은 아니란다. 어쩌면 고민하면서 힘들어하면서 가야 할 길을 쉽게 갈 수 있는 방법을 제시해 준다는 것은 나중에 그와 비슷한 삶의 문제에 맞닥뜨렸을 때, 하지만 수학적 사고로 이루어진 답이 정답이 아니었을 때, 너를 더욱 힘들게 할 수도 있단다.

그러나 네가 수학뿐만 아니라, 다른 것을 배울 때가 된다면, 다른 것을 느낄 때가 된다면, 언젠가 시간이 지나면, 거기에다가 통찰력이 더해진다면, 너는 다른 사람들보다 더 복잡하면서도 맑은 그런 정신력을 가질 수 있게 될 거란다. 게다가 너의 머리는 나이가 먹으면 먹을수록 더욱더 빨리, ~신속하게 돌아가게 될 거란다. (물론 신속하게 돌아간다는 말이 결코 좋은 뜻만은 아니다. 마치 시간이 지남에 따라 소음에 익숙해져 작은 소리가 들리지 않게 되듯이, 여러 다양한 가치 있는 작은 생각들이 더 이상 아무 의미가 없어지게 되는 것이기에 말이다.) 아빠의 엄마, ~ 그러니까 너의 할머니도 그렇고, 아빠도 그랬었으니까. 할아버지는 잘 모르겠네. 워낙 말씀이 없으셨던 분이라서. 그래도 할아버지는 아빠의 영웅이었다. 항상 근엄한 모습이셨고, 필요한 말씀만 하셨지. "너 계속 이러면 족보에서 파낸다." 같은. 그리고 할아버지는 지금도 여전히 나의 영원한 영웅이기도 하다.

아닌가? 이게 아닌가? 너의 머리는 엄마한테서 오는 것인가?

얘기가 다른 쪽으로 새었구나.

이야기에 들어가기에 앞서 먼저 아빠의 이야기를 들려줘야겠구나.

이런 이야기를 들려주는 것은, 아빠가 해 주는 이야기가 전혀 세상과 동떨어져 있는 이야기이기도 하고, 이런 이야기를 함으로써, 네가 아빠의 생각을 이해하지 못하더라도, "아빠가 이런 생각을 할 만도 하겠다."며, 마음 편히 받아들일 수 있기를 바라기 때문이야.

아빠는 어느 시골 목수의 아들로 태어났단다. 집도 가난했고, 주변도 별로 재미없는 시골 동네였단다. 말 그대로 '만날 보는 하늘, 만날 보는 땅'이었다. 아빠는 그런 곳에서 태어나서 자랐어.

학교에서 집에 오면 할 수 있는 거라고는, 집 뒤의 풀밭에서 풀을 뜯어다가 토끼에게 먹이는 게 전부였다. 어렸을 때는 잘 몰랐는데, 아빠는 배움에 있어, 좋은 기회를 얻지 못했어. 아빠의 아버지 그리고 어머니, 그러니까 너의 할아버지와 할머니는 초등학교밖에 못 나오셨단다. 그래서 자식들은 제대로 배우게 하겠다는 열정이 대단하셨지. 당신들 밥은 못 먹어도, 애들은 제대로 배우게 하겠다는 것이 그분들의 뜻이었다. 하지만 그게 어찌 그리 생각처럼 쉽게 되겠니?

아빠가 학교에 처음 가서 보니, 자기 이름을 못 쓰는 사람은 나밖에 없더구나. 그 시골 한 학년에 한 반밖에 없고, 한 반이라고 해 봤자 서른 남짓밖에 안 되는 그 초등학교에서 말이지. 하여튼, 그런 시작으로 인해, 배움이 쉽진 않았어. 나도 그 포도알을 다 채워서 학용품을 받아보고 싶었어. 물론 그 포도알은 목사의 딸과 영철이라는 친구가 다 가져갔지.

고등학교 때, 수학책 중에 『수학의 정석』이라는 책이 있었다. 그 책이라는 게 '기본 정석'과 '실력 정석', 이렇게 둘로 나뉘는데, 실력 정석이라는 초록색 커버의 책이 좀 더 수준이 높았단다. 그 『수학의 정석』이라는 책은 인기도 많고, 참 많이 팔렸다던데, 이 책은 어찌 될지 모르겠다. 하여튼 아빠는 그 초록색 커버의 책이 보고 싶었어. 그런데 살 돈이 없었다. 그래서 헌책방에 가서 샀던 기억이 나는구나. 항상 위안을 했지. "공부는 책과 연필만 있으면 된다."고. "나는 다른 사람이 본 책을 보면서 공부를 하면 더 잘 된다."고. 뭐 틀린 생각은 아니다. 맞는 이야기이지. 공부는 책과 연필만 있으면 된다. 책을 보며, 계속 생각을 하는 거지. 그것이 공부란다. 다른 사람들이 먼저 본 책은 이것저것 잡다한 것이 많이 적혀 있어서 좋았어. 새 책을 보는 부담감도 없고, 왠지 말이야 다른 사람보다 앞서서 출발한 것 같기도 하고 말이지.

돌이켜보건대, 아빠는 참 운이 좋았다. 힘든 시절도 있었지만, 시간이 지나면 더 좋은 것으로 보상을 받았거든. 참 운이 좋았어. 너무나도 운이 좋아서, 나의 양 어깨에는 나를 지켜주는 천사가 있다고 믿을 정도였지. 지금 어른이 되어서 생각해봐도 그 천사가 정말 있었던 것 같기도 하다. 아빠는 느낄 수 있었거든. 잘못된 길로 가려 하면, 항상 나를 붙잡고는 했지. 그들의 숨소리를 느낄 수 있었다. 아마 너의 양어깨에도 너를 지켜주는 수호천사가 바쁘게 일을 하고 있을 거란 생각이 드는구나.

아빠는 어렸을 적, 그 풀밭에서 아무 할 일도 없이 토끼풀만 뜯고 있을 그때에, 한 가지 약속을 했단다. 예전, 그러니까 지금은 사라져버린 그 글에는, 신에게 들은 목소리로 이야기했지만, 사실 이제는 잘 모르겠어. 내가 신에게 이야기를 들은 건지… 어쨌든 풀을 뜯던 어느 날, 신인지, 나 자신이지 모를 그것과 아빠는 약속을 했단다.

"뜻을 따르겠다."고. 신인지 나 자신인지 아니면 자연의 섭리

이 기 적
우 주 론

인지 그 뜻을 따르기로 약속을 했단다. 그리고 그것에 대한 보상으로, 세상에서 가장 중요한 것을 받기로 했지. 아무리 신이라지만, 나도 뭐 좀 남는 게 있어야 하지 않겠니?

신이 주는 것이든 자연의 섭리가 주는 것이든 내가 나 자신에게 주는 것이든, 어쨌든 그것을 받기로 했다. 그 선물에는 조건이 있었는데, 내가 생각하지 못한 놀라운 것이어야 한다는 것이었어.

어쩌면 아빠는 그 어린 나이에 삶에 대한 권태기가 찾아온 것인지도 모르겠다. 그냥 아무것도 하기 싫었는지도 모르겠다. 풀밭에 누워 하늘을 바라보는 것 말고는 할 게 아무것도 없는 그런 삶에 싫증이 났는지도 모르겠다. 하지만, 어린 나이지만 아빠는 알았다. '여기서 끝낼 수는 없다'는 것을. 그리고 그 이후로 아주 오래갈, 풀릴 것이라 생각할 수도 없는, 하지만 풀리던 안 풀리던 해피엔딩이 될 수밖에 없는 그런 삶을 만들어낸 것이다.

그리고 아빠는 그의 뜻대로 살았고, 정말이지 신기하게도 선물을 받았다. 그 선물을 받게 될 것이라 생각은 안 했는데. 어쩌면 나의 양 어깨의 천사가 떠났다고 느꼈던 그 시간, 어쩌면 천사들이 떠나지 않았었는지도 모르겠다.

하지만, 선물에 대한 대가는 실로 큰 것이었다. 아빠를 참으로 무서운 사람으로 만들어 버릴 만큼.

그리고 이제 너에게 그 선물에 대한 이야기를 하려는 것이란다.

거기엔
아무것도
없었다

왜?

나에게는 아무것도 가진 게 없었을까?

왜 나에게는 그 재미있는 장난감 하나 살 돈이 없을까?

왜 나는 빌린 과학상자를 돌려주기 위해, 그렇게 재미나게 만들었던 모터로 돌아가는 그 멋진 풍차를 부수어야만 했을까?

왜 나는 이 조그만 시골에서 태어나서, 온종일 저 시퍼런 하늘만 쳐다보게 되었을까?

나도 저 멀리 가보고 싶은데….

나도 바다 건너 다른 나라도 가보고 싶은데….

나도 저 하늘 별나라에 가보고 싶은데….

나란 녀석에게 할 수 있는 것이라고는 이 풀밭에 누워 하늘만 바라보고 있는 것뿐이라니….

나에게 할 수 있는 것은 풀밭에 누워 꿈꾸는 것뿐이라니….

제길….

"나를 따르면, 너에게 세상에서 가장 중요한 것을 줄게."

"그럼, 내가 생각해보지도 못한, 그리고 생각하지도 못할 것을 주세요."

"그래. 그러자꾸나. 네가 원한다면."

Warming up

파도가 밀려온다.

눈을 뜰 준비가 되었는가?

세상을 바라볼 준비가 되었는가?

"거기엔 아무것도 없었다.

암흑이라 말하기엔 너무 어두운 어두움.

검정색으로 표현할 수 없는 어두움.

아무것도 없었다.

그 어두움 속에서, 아무것도 느껴지지 않고, 생각나지 않는 그곳에서,

무언가가 보였다.

그리고 그 무언가를 바라보고, 그것이 나를 바라보는 나의 눈이었음을 알게 되었을 때,

너무도 무서웠다."

막상 글의 시작을 쓰고 보니, 어디선가 본 듯한 느낌이 든다. 베르나르 베르베르의 『신』[7]이라는 책에서 이런 장면을 본 듯하기도 하다.

세상의 일이 그러하듯이, 세상에서 무언가 이상한 이야기를 늘어놓는 사람치고, 인생이 순탄한 사람은 없다.

슬픔을 보고, 자신이 감내할 수 없는 어둠과 좌절을 맛본 사람들이나 현실에 맞지 않는 그 이상한 생각들을 해 나가기 시작하는 것이다.

후세들이 지어낸 이야기인지는 몰라도, 아마도 '전설 만들기'의 하나일지도 모른다. 소크라테스도 그랬고, 괴테도 그랬고, 뭔가 계속되는 엄청난 고통이 있지 않으면, 이런 기괴하고 괴이한 생각을 할 필요가 없다. 아들을 잃은 셰익스피어처럼 깊

---

7) 『신』은 프랑스의 작가 베르나르 베르베르(Bernard Weber)가 쓴 소설이다. 총 6권으로 이뤄진 이 소설에서, 베르나르 베르베르는 세계의 여러 종교를 아우르며, 삶과 죽음, 그리고 신의 존재에 대한 탐구를 통해 재밌는 이야기를 이끌어낸다.

이 기 적
우 주 론

은 슬픔과 고통을 맛보지 않고는 무엇인가, 그 무엇인가를 해야겠다는 생각을 하게 되지 않는다. 물론 나란 사람은 그들만큼 능력이 있는 사람은 아니지만 말이다.

여하튼 세상이 너무 행복하고, 더이상 바랄 게 없는 사람이라면, 이 세상이 너무 아름답다면, 무슨 할 말이 있겠는가? 그저 흥겨운 세상 그저 바람처럼 구름처럼 흐르다 가면 그만인 것이다.

그들에게는 꿈이 필요가 없다. 그저 사는 것만으로도 기분 좋고 유쾌할 뿐.

그리고 여기서 알아야 할 중요한 것 하나는, 이 책을 읽는 독자들, 당신이 서점에서 이 책을 집어 들고, 대충 내용을 훑어보고 나서, 이 책이 이처럼 말도 안 되는 내용으로 가득 찼음을 눈치챘음에도, 당신이 이 책을 선택한 중요한 이유는, 당신도 나와 같은 유리벽을 보았기 때문이다.

그 어두움으로 표현할 수 없는 어두움을 보았기 때문이다. 그리고 말도 안 되는 이 헛소리라도 듣고, 마음의 위안을 얻든, 무언가 방법을 찾든, 해보고 싶어 하고 있다는 사실이다.

이제부터, 나의 눈에 비친 세상에 대한 이야기를 할 것이다.

어찌 보면, 이러한 이야기는 나만의 이야기일 수도 있고, 당신의 이야기일 수도 있고, 나와 당신을 포함한 세상의 전부에 대한 이야기일 수도 있다.

나만의 이야기이기에 지금껏 밍기적거리다가, 이제서야 글을 쓰기 시작한 것이기도 하고, 세상의 전부에 대한 이야기이기도 하기에, 중요한 일을 뒤로 미루고, 이 새벽에 이 글을 쓰고 있기도 하다.

사실, 나는 담배를 많이 피우기 때문에, 언제 골로 갈지 모른다는 두려움도 있고, 얼마 전 태어난 아기에게 재미난 이야기를 들려주기 위해, 마치 숙제를 하듯 쫓기며 이 글을 쓰고 있기도 하다.

제목이야 거창하게 'β 우주론'이라 붙여 놓았는데, 나중에 이 글의 제목이 마음에 안 들지도 모르겠다.

하지만 재미있는 이야기를 들려줄 것이다. 예전 고등학교 적 문학 선생님의 표현을 빌리자면 "아주 쟈밌는 이야기"를.

그런데 문제는 그 재미있는 이야기가 사실은 아주 무서운 이야기이기도 하다는 것이다. 하긴, 세상의 재미있는 이야기는 사실 대부분이 알고 보면 무서운 이야기이기도 하다. 재미없는 이야기는 별로 무섭지도 않고, 아무런 감흥을 가져다 주지 못하는 것처럼.

솔직히, 솔직히 말하자면,

이 이야기를 읽을 자신이 없다면, 아니 자신이 이 글을 끝까지 읽을 만큼 자기 자신이 강하다고 생각하지 않는다면, 책을 덮고, 더이상 이야기에 대해 생각하지 않기를 추천한다. 그럴 수 없다면, 지하철을 타고, 흔들리는 차 안에서 한 몇 분 정도 대충 읽어보고는 "그런가 보다." 하고, 생각을 넘겨버리길 바란다.

나는 이제 이야기하려는 이러한 생각들에 관하여, 아주 오랜 시간 동안 생각해 왔다. 아마도 적어도 20년 이상일 것이다. 고등학교 때, 제일 친한 짝꿍이 어느 날 학교에 와서 한다는 말이, "어젯밤에 네가 나에게 "삶이란 무얼까?"라고 해서 놀라서 깼다."고 할 정도였으니, 적어도 20년은 된 것 같다. 아니

어쩌면 30년일지도 모르겠다. "한쪽 눈을 감고 세상을 바라보면 어떻게 보일까?" 하며, 눈 하나를 감고 걸어 다니기 시작했던 초등학교 시절의 그때부터일지도….

사실 그동안, 줄곧 이 생각에 사로잡혀 있으면서, 그 각각의 생각들의 파장에 대해 잘 알게 되었고, 그것을 잘 조율하기 위해 애를 써왔음에도, 아직도 여전히 이 이야기를 하는 것에 아주 큰 두려움을 느끼고 있다. 가슴은 철사 뭉치처럼 차가워졌으면서도, 흐르는 바람을 느낄 수 있는 그런 사람이 되었지만, 난 아직도 무섭다.

말 그대로, 섣불리 이 글을 계속 읽었다가, 나중에 심한 정신적 혼돈이 올 수도 있으며, 강인한 정신력을 가지고 이 글을 끝까지 읽고, 저자의 뜻이 무엇인지, 저자가 하려는 말이 무엇인지 알게 되더라도, 이에 대한 대가로 많은 것을 잃을 수 있음을 반드시 숙지하고 이 글을 보기를 바란다. 한 예로, 당신의 따스한 가슴은 송두리째 날아가 버릴지도 모른다. 세상의 모든 슬픔을 송두리째 함입해야 할지도 모른다.

이 세상에 공짜란 없는 것이다. 누군가 당신에게 "이거 공짜

예요."라고 한다면, 그것은 "내가 당신에게 사기를 치려 합니다."라는 말과 같은 것이다. 세상이라는 곳에 대해, 충분히 생각을 해보지 않았다면, 자신이 느끼기에 세상에 대해 충분히 알고 있다고 생각하지 않는다면, 더이상 이 책을 읽지 않았으면 하는 바람이다.

이런 책의 내용과 관련된 나의 이야기를 하자면, 이런 일련의 생각들이 아주 오래전에 있었음에도, 이 생각을 글로 표현할 수 없었던 것은, 이제부터 하려는 이 이야기에 대해 글을 쓰려고 할 때마다, 나에게는 너무도 슬픈 불행이 다가왔기 때문이다. 그리고 글을 쓰는 지금 이 순간에도, 이 글이 마쳐지는 그때까지, 행운의 여신이 나를 가엾게 여겨 지켜줄지 의문이며, 매우 두려운 상태이다. 사실 이 책은 쓰인 지 몇 년 만에 출판을 하게 되었을 정도로 나조차도 이 책의 내용을 두려워하고 있다. 원래 예전부터 해서는 안 될 이야기를 인간에게 누설하면, 그 사람의 인생은 불행으로 점철되기 마련이다.

어쩌면 해서는 안 될 이야기이고, 우리 인간은 그저 그렇게, 세상에 대해 배운 대로 살아가야 할지도 모르겠다. 그냥 '닥치고' 말이다. 뭐. 그렇다. 닥치고 살면 행복하다. "세상 그까이 거 쉽게 생각하면 별거 아닌 거고, 빡치게 생각하면 골 때리는 거다." 하지만, 이 이야기를 하는 이유는, 이 이야기는 나의 인생보다 더욱 중요한 이야기이고, 사람들이 더이상, 잘못된 눈으로, 이 세상에 갇혀 살기를 바라지 않기 때문이다. 단 하나의 사실이라도 그 눈에 진실 한 가닥이라도 알고 살기를 바라서이다. 그리고 사람들이 비록 행복하지는 않더라도 적어도 슬프지는 않기를 바라기 때문이기도 하다.

난 매우 이기적이고, 단순하고, 직관적인 사람이다. 한 예로 나는 아픈 사람들이 보기 싫어 의사가 되었다. 아픈 사람을 도와주기 위해 의사가 된 것이 아니다. 아픈 사람들이 보기 싫어 의사가 된 것이다. 한 사람이라도 아픈 사람을 없게 할 수 있다면, 세상에서 내가 보기 싫은 아픈 사람은 한 명 줄어들 거라고 생각하고 의사가 되었다. 지하철역에서 걸어 나오면서 보게 되는, 그 다리 저는 사람들이 정말 보기 싫었다. 나를 마음 아프게 하는 그런, 정말이지 꼴도 보기 싫은 사람들이 싫었다. 하지만 내가 이런 생각으로, 내 마음 아프기 싫어서, 이기적인 마음으로 의사가 되어, 환자를 보고 있지만, 이런 편향된 목적이 환자를 치료하는 것을 더욱 효율적으로 만들고 있다는 생각이 들 때면, 혼자 씁쓸히 웃음이 지어지곤 한다.

그런데 몸이 아픈 사람들을 없애다 보니까, 이젠 솔직히 말하자면, 몸이 아픈 사람뿐만 아니라, 마음이 아픈 사람들도 보기 싫다.

단언하건대(단언하건대 이 표현 나는 그 핸드폰 광고에서 뜨기 전에 쓴 표현이다. 괜한 오해가 없기를. 사실 이 표현은 예전부터 널리 쓰이고 있는 표현인데, 괜히 광고에 사용되는 바람에 쓸 때마다 신경이 쓰이는 것이 조금 짜증나기도 하다.), 이 책의 끝장을 덮을 즈음, 당신은 보게 될 것이다.

〈매트릭스〉8)라는 영화를 아는가? 〈매트릭스〉를 좋아하는 팬이라면 〈애니 매트릭스〉9)라는 속편을 알고 있을 것이다. 애

---

8) 〈매트릭스〉는 워쇼스키(Wachowski) 남매 감독에 의해 제작된 영화로, 인공두뇌를 가진 컴퓨터가 지배하는 세계에서 인공지능 컴퓨터의 생명 연장을 위해 만들어진 가상세계에서 눈 뜬 인간들의 이야기를 다룬다.

9) 〈애니매트릭스〉는 앤드류 R. 존스 (Andrew R. Jones) 감독에 의해 만들어진 영화로, 〈매트릭스〉의 숨겨진 이야기를 여러 편의 애니메이션을 통해 보여준다. 〈매트릭스〉 영화의 세계관을 더 잘 이해하고 싶은 독자라면, 한 번쯤 보아도 좋을 영화이다

니메이션이긴 하지만, 매트릭스의 전반적인 스토리를 이해하는 데 꽤 도움이 되는 작품이다. 거기에 보면, 어느 운동선수의 이야기가 나온다. 마치 그 이야기처럼, 달리기 도중에 자신의 한계를 뛰어 넘고, 저 미지의 진정한 세상을 본 운동선수의 이야기처럼, 당신은 세상에 대한 맑은 눈을 얻게 될 것이다. 물론 그 안에서 진정한 매트릭스 밖의 세상을 본 그 단거리 달리기 선수는, 요원들에게 붙잡혀, 다리를 못 쓰는 불구가 되긴 하지만, 그 선수의 불타는 진정한 세계에 대한 눈빛은, 불구가 된 후에도 꺼지지 않고 잘도 타오른다.

생각하지 않아도 그 길이 보이는, 가만히 있어도 웃음이 절로 나는 그런 세상에 대한 눈을 갖게 될 것이다.

아마도 마치 천생연분의 사랑하는 사람을 만난 다음 날 아침에 일어난 것처럼, 세상의 사물 하나하나가 모두 달라 보일 것이다. 그리고 다가올 하루하루가 기대가 되어 숨을 쉬지 못할 기쁨을 맛볼 것이다. 아침의 첫 숨 하나도, 길거리의 꽃 하나도, 지하철을 타는 사람들 하나도 다르게 느껴질 것이다. 나도 그랬으니까.

하지만 이 책의 결말이 행복이 아니라는 것은 알았으면 한다. 그저 눈을 떠서 기쁠 뿐이다. 그뿐인 것이다. 눈을 뜨고 세상이 보인다고 해서 행복한 것은 아니라는 사실쯤은 누구나 다 알고 있을 것이다.

좀 아쉽기는 하다. 그동안 내가 하고자 하는 이런 종류의 과감한 정도의 말도 안 되는 이야기를 하는 사람들을 본 적도 없고, 술 마시면서 이런 이야기를 하면, 이야기를 듣는 사람의 절반 정도는 난생 처음 들어보는 독특한 헛소리에 귀를 기울이면서 들어줬기에, 좀 우쭐해지기도 했는데, 사람들이 이 이야기를 보고 알게 된다면, 뭐랄까 나만의 보물의 가치가 떨어지는 느낌이랄까.

하지만, 다시 한 번, 독자들에게 바라지만,
자신이 없다면, 이 글을 더이상 읽지 않기를 바란다.
세상에 대해 자신이 충분히 이해하고 있다고 생각하지 않는다면, 그만두기 바란다.

그리고 자신이 있더라도, 책을 잠시 덮고, 한 이삼 주 뒤에나 다시 책을 읽어주었으면 좋겠다.

이 이야기는 괴물 같은 이야기이다. 말 그대로 괴물 같은 이야기이다.

나는 이 이야기의 내용을 매우 소수의 사람들에게 들려준 적이 있다.

그런데 참으로 흥미로운 점은 이 이야기를 들은 많은 사람이 마지막에는 그저 울고 말았다는 사실이다. 처음에는 "맞아, 맞아!" 하면서 웃고 떠들고 그러다가는, 결국에는 울고 말았다는 것이다. 더욱이 내가 그 사람들에게 들려준 내용은 이 책 내용 중의 삼 분의 일도 안 되는 시작의 내용뿐이었다. 그리고 보통 때는 이야기를 참다가도, 술의 힘을 빌려 이 이야기를 하고 나면, 수일 동안 몸과 마음의 모든 것이 다 빠져나간 듯, 힘없이 지내야 했던 경험도 있었음을 알아주길 바란다.

그래도, 정 이 이야기를 듣고 싶다면, "이런 사람도 있구나."

하며, 너른 마음가짐을 갖자.

세상은 넓디넓고, 미친 사람들이 부지기수이다. 아니, 거의 대부분의 사람들은 미쳐 있다. 정신 제대로 박힌 사람들은 가뭄에 콩 나듯이 존재하는 인류의 중요한 자원 같은 것일지도 모른다. 내 말이 믿기지 않는다면, 지금 당장 인터넷을 열고 한 번 기사를 열람해 보길 바란다. 더불어 댓글도 한번 읽어 보길 바란다. 어디 하나 제대로 된 내용들이 있는가? 거짓에 거짓을 덮어씌우면서, 무엇이 진실인지 헷갈리게 만들려는 사람들로 넘쳐난다. 간혹 맑은 눈으로 세상을 바라보는 사람들이 생길라치면, 거짓에 거짓을 덮어씌우고, 그 거짓에 또 거짓을 덮어씌워서, 진실에 눈을 뜬 사람들의 눈을 불로 지져 버리려는 사람들만 넘쳐난다. 그리고 조용히 말한다. "그냥 닥치지 그래. 주위를 둘러봐. 얼마나 좋아. 너희는 그냥 이런 세상에 감사하며 살면 되는 거야. 그냥 감사하면서."

그런 세상은 우리가 생각했던 것보다, 공상과학영화에서나 나올 것이라고 생각했던 그런 <이디오크러시>[10] 공화국은

---

10) <이디오크러시>는 마이크 저지(Mike Judge) 감독에 의해 2006년에 개봉된 영화이다. SF 코미디 영화의 일종으로, 1년 동안만 냉동될 인간이 실수로 500년 후에 해동되면서 벌어지는 이야기를 다룬다. 500년 후 인류는 가장 기본적인 문제도 해결할 수 없을 정도로 지능이 떨어지는 바보들만 남아 있는 세상이 되어 버렸다.

우리가 생각했던 것보다 더욱더 빨리 우리 주변에 다가와 버렸다.

세상이 이러하니, 이 책을 읽는 당신도 너른 마음을 갖자.
"이런 사람도 있구나."
하면서….

자, 이제 이야기를 시작하려 한다.
준비가 되었는가?
파도가 밀려올 것이다.
눈을 뜰 준비가 되었는가?
세상을 바라볼 준비가 되었는가?

삶의
작은
조각들

누구나 한 번쯤 생각해 볼 수밖에 없는 문제가 있다.

"세상의 일이란 '우연'[11]에 의한 것인가? 아니면 '운명'에 의해
정해진 것인가?"

아마도 어떤 독자들은 이미 눈치를 챘겠지만, 이것은 그냥
세상을 사는 데 있어 가장 중요한 하나의 질문이며, 각 개인의

---

11) 이 책에서 쓰이는 '우연'이란 말은 자유 또는 자유의지가 전체 또는 일부에서 작용된 현상을 염
   두에 둔 말이다. "나는 오늘 우연히 그녀를 만났다"처럼 일반적으로 우리가 쓰는 말에서의 우연
   의 의미는 종종 운명이란 의미를 내포하고 있으나, 운명이라는 의미의 반대편 의미를 지니는 짧
   은 단어를 찾아낼 수 없었기에 '우연'이라는 용어를 사용한 것이다.

가치관을 결정하는 가장 중요한 가치이기도 하다. 어쩌면, 우리는 이 단순한 질문만 생각하며 세상을 살지도 모를 일이다.

이 두 가지의 세상을 보는 관점은, 매우 중요한 것이, 서로 정반대의 개념이며, 각각의 생각이 인간 본연의 자유의지의 역할 및 존재 이유를 설명해주는 것이기 때문이다.

이 두 가치 중 어느 곳에 더 큰 비중을 두느냐에 따라서, 사람은 긍정적이 되기도 하고, 부정적이 되기도 한다. 하지만 긍정으로 치우치느냐 부정으로 치우치느냐의 여부는 그 사람이 우연을 중요시 하느냐 또는 운명을 중요시 하느냐 하는 문제와 바로 직결되지는 않는다.

우연을 믿으면서도 삶에 대해 부정적이 될 수도 있고, 운명을 믿으면서도 아주 긍정적인 사람이 되기도 한다.

역시, 항상 마주치면서도, 항상 난해한 문제임에 틀림 없다.

참으로 신기하고도 재미있는 사실은, 고대 이래로 모든 철학가들의 사유의 주제는 이것 하나였음에도, 이 하나의 문제 "세상의 일이란 우연에 의한 것인가? 아니면 운명에 의해 정해진 것인가?" 는 도대체가 풀릴 기미가 보이지도 않고, 심지어는 이제 사람들은 이 문제가 풀릴 거라 기대조차 안 하는 모양이다.

하긴 재미없을 것이다. 이 고귀한 인간 문명의 시작부터 내려온 사유의 주제가 베일을 벗어버린다면, 재미없을 것이다.

인생을 사는 것이 얼마나 허무할까? 아무것도 정해진 것이 없는 우연에 의한 삶, 아니면 모든 게 정해져 있는 운명에 의한 삶.

그런데, 여기서 하나의 의구심이 든다.

왜 안 풀리는 것일까?

왜 우연이냐? 운명이냐? 이 문제는 풀리지 않는 것일까?

나도 생각하고, 이 글을 읽는 독자 당신도 생각하고, 이 글을 거들떠보지도 않을 다른 수많은 이들이 같이 그냥 생각하고, 책 보고 생각하고, 술 마시고 생각하고, 담배 피우며 생각하고, 울며 생각하고, 웃으며 생각하고, 그 수많은 사유를 해대는데, 빌어먹을 이 문제는 왜 풀리지 않는 것인가?

스포일러

우연이냐? 운명이냐?

역사상 가장 많은 사유의 에너지가 투입되었음에도 풀리지 않은 난제.

그도 그럴 것이 세상이란 참으로 놀랍게도, 인간으로 하여금, 이 둘 중에 어느 것이 옳다는 것에 대한 해답을 찾지 못하고, 고민할 수밖에 없게 하는 구조를 가지고 있다.

그러기에 인간은 어느 때에는 우연으로서는 도저히 설명할 수 없는 그 세상의 힘에 놀라게 되고, 그것을 운명이라고 부르면서도, 왠지 그 운명이란 것이 석연치 않은 느낌을 가지고 있을 수밖에 없다.

한 예를 들어 보자.

어떤 예가 좋을까? 직업은 어떨까?

나의 직업은 의사이다. 너무 예민하게 바라보지 말자. "이 녀석 슬슬 지 자랑 시작하는구나." 하면서 바라보지 말자. 그냥 예를 드는 것일 뿐이다. 어찌 보면, 의사라는 직업은 역사상 항상 중인 신분이었다. 나의 생각으로는 지금도 역시 의사는 중인일 뿐이다. 살면 살수록 의사는 중인이라는 것을 실감하게 된다. 그게 원래 이 세상이니까. (게다가, 내 하루의 절반 이상을, 그리고 깨어 있는 시간의 대부분을 이 일을 하며 지내고 있음을 생각하면, 나에게 있어 이 의사라는 직업은 아주 중요한 문제이다.)

자 다시 본론으로 돌아가서…

"나는 왜 의사가 되었을까?"

운명이었을까?

나는 아주 조그만 시골에서 태어났다. 그곳에서는 학교란 것이 달랑 이층 건물 한 채였으며, 한 학년에 한 반밖에 없는 그런 곳이었다. 뭐 볼 것도 없는 그런 동네였다. 수업이 끝나면, 집 뒤 풀밭에 가서, 토기들 줄 풀이나 뜯는 그런 곳. 그곳을 졸업하고, 좀 더 큰 동네에서 중학교를 나왔고, 그곳을 졸업하고, 좀 더 큰 도시로 이사를 가서 고등학교를 졸업했다.

공과대학에 진학하고 싶었으나, 고3 시절에 대학에 떨어졌고, 결국 재수를 하고 나서는, 의과대학에 진학하였다.

누군가 나에게 그런 말을 한 적이 있다.

"요즘 같은 세상에, 너 그때 공대를 떨어지고, 재수한 게 참 다행이다."라고.

(오해하지 말자. 난 이공계의 현실이 안타까운 사람이다. 그들은, 그리고 그들의 열정은 우리 모두가 추앙해야 하는 사람들이다. 그들은 문명을 발전시킨다. 의사들이 환자를 낫게 해서, 다시 사회의 구성원으로서 그들의 삶을 다시 살게 도와주는 것과는 다르게, 그들은 문명을 진화시키는 사람들이다. 오해하지 말자. 의사는 역사적으로 중인의 신분을 벗어난 적이 없으며, 사람들이 마음 속 깊이 의사를 중인이라고 생각하지 않은 시대도 없었다. 이런 이야기까지 꼭 해야 한다면, 나의 형제들은 모두 공대 출신이다.)

과연 그때 대학을 떨어진 것은 운명일까?

나는 의대를 갈 운명이어서, 대학에 떨어졌을까?

신이 나를 의사를 만들려고, 현역 시절에 대학을 떨어뜨렸는가? 혹시, 전생에 내가 참으로 많은 사람의 목숨을 앗아서, 이번 생애에는 사람을 좀 더 살리라고, 그렇게 만들어 놓은 게 아닐까? (이것은 운명론적 관점에서 내가 생각하는 내가 의사가 된 이유이다. 전생에 난 아주 나쁜 짓을 많이 저질렀음에 틀림없다. 정말 많은 사람의 생명을 빼앗았을 것이다. 이토록 열심히 사람을 살리기 위해 애씀에도 항상 힘들고 괴로운 것을 본다면 말이다.)

아니면,
우연이었을까?

그냥 대학에 떨어져서, 다음 해에 우연히 의대에 진학하게 된 것일까?

공부를 잘하지 못해 대학을 떨어진 것이고, 그래서, 대학 한번 떨어지고 나서는, 정신 차린 후, 죽도록 공부를 해서, 의대에 들어간 것은 아닐까? (사실 당시 대학에 떨어진 것을 알고, 보름 동안 방 안에 처박혀서 밖에 나오지 않는 나에게, 큰형은 가족 수가 많으니(우리 집은 7남매다) 의대를 가면 집에 도움이 되지 않겠느냐고(최소한 그 많은 가족들을 건강하게 지킬 수 있을 테니까) 우연히 이야기했고, 그것이 의대를 생각하게 된 시작이었다.)

왜 나는 의사가 되게 된 것일까?

그렇다면,

왜 나의 아내는 그 사람일까?

왜 나의 친구는 그 사람일까?

왜 나는 이번 승진에서 떨어진 것일까?

…

이 모든 이야기들…. 세상의 이야기들…. 세상의 고민들….

철학의 대상이 될 만한 이야기란 것이 다 이런 식이다.

한편으로는 운명 같기도 하면서, 그 안에 '나'라는 존재를 개입시키고 나면, 나의 자유의지에 의해 그렇게 된 우연 같기도 한 것이다.

아주 오래전부터, 내려오는 이러한 문제들.

왜 나는 여기 있는가? 왜 나라는 사람은 살아가는가? 하는

이런 문제들….

과연 거기에 해답은 있는 것일까?

잘 모르겠어. 우리가 각자 운명이 있는지…. 아니면 우린 그냥
우연한 바람 같은 것인지….

난 둘 다 맞다고 생각해. 둘 다 동시에 일어나는 것 같아.

-〈포레스트 컴프〉 중에서

삶의
큰 조각들

자, 이런 생각은 어떨까?

"세상에 만약 내가 없다면, 세상은 어떻게 될까?"

오늘 저녁, 일과를 마친 나는, 운전을 해서 집에 간다.

그런데 마침 어떤 미친놈이 술을 뒈지게 쳐 마시고, 150km
의 속도로 역주행을 해서 오는 바람에, 10년 전에 어느 중고차
매장에서 구입한 내 차는 버려진 맥주 캔처럼 찌그러졌고, 나
는 더이상 이 세상 사람이 아니게 되었다.(실제로 나는 이런 비슷한
경험을 한 적이 있다. 역주행을 해서 오는 그 차의 헤드라이트를 보았을 때, "난
죽었구나." 하고 생각했다. 그런데, 슬픈 것은 그러면서 동시에 "보험금은 많이

나오겠네." 하는 생각을 했다는 것이다.)

과연, 내일 이 세상은 어떻게 될까?

물론 나의 아내와 많은 가족들은 슬프게 울 것이고, 장례식이 치러질 것이고, 시간이 지나면서, '나'라는 사람은 조금씩 잊혀질 것이다.

그렇다면, 세상은 그저 '나'라는 사람 하나 없는 그런 세상일까?

만약 내가 우리나라의 중요한 인물이라 할지라도, 나의 빈자리가 커질지언정, 그저 나라는 사람 하나 없는 그런 세상일까?

내가 사라지면 세상, 아니 정확하게 말하자면 우주는 어떻게 되는 걸까?

그냥 나만 빼놓고, 치사하게 이 우주는 그대로 돌아가는 것인가?

이벤트

원래가 말이지, 우연이냐? 운명이냐? 그런 것을 논하려면 시간의 흐름에 대하여 이야기를 시작해야 한다.

시간의 원리가 무엇이고, 어떠한 일련의 사건들이 이러한 시간의 틀 속에서 어떻게 벌어지고 있는지, 그것부터 밝혀야지 당연한 것이다.

하지만, 당신이 속고 있었다면, 아니, 잘못 알고 있었다면…?

그렇다면, 어떻게 되는 것일까?

어떠한 일의 발생 이벤트에는 시간이 관여하지 않는다면…?

이쯤 되면, "이 자식이 슬슬 미친 소리를 양껏 하기 시작하는구나." 하며 분위기 파악하는 독자들도 있겠다.

이벤트에는 시간이 관여하지 않는다.

미친 소리 같겠지만, 결코 미친 소리가 아니다.

나는 이 사실을 알기 위해 수십 년을 생각하며 살았는데, 그렇게 치부하면 정말 섭섭하다.

다른 말로 풀어 하자면,

이벤트에는 모든 시간이 관여한다.

자 이제부터, 왜 이런 생뚱맞은 소리를 하는지 하나하나 자세히 이야기할 것이다.

제 0 실험

아마도 독자 중 어떤 독자들은 고등학교 고학년 때에 배운, 하지만 아직도 그게 무슨 얘기인지 흐릿하게 남아있는 신기한 실험을 기억할 것이다.

바로 '빛의 이중성'이라는 제목으로 소개된 내용이다.

그 내용을 여기에서 다시 한 번 소개하면, 빛이란 놈은 두 가지의 성질을 가지고 있는데, 파동성과 입자성이라는 성질이 바로 그것이다. 기억이 가물가물하다면, 지금 컴퓨터를 켜고 '빛의 이중성'이라는 검색어를 입력해 보자. 그러면 엄청난 양의 문서들이 올라와 있는 것을 알 수 있을 것이다. 어떤 사람들은 그런 것에 관심을 가지고 살기도 한다.

이 중 빛의 입자성은 광전효과라는 것으로 설명되고, 파동성은 영의 이중 슬릿 실험으로 설명된다.

갑자기 물리학 얘기 시작한다고 너무 흥미를 잃지는 말자. 오래 할 것도 아니거니와 이해하기가 그리 어려운 것도 아니다. 게다가, 글 쓰고 있는 나도 정작 물리학 전공이 아닌데, 두려울 것이 무엇인가?

이 빛의 이중성에 대한 역사는 아주 길고 험난하다. 역사적으로 처음에는 입자성이 우위를 차지했다가, 잠시 입자성이 파동성에 우위를 내주었다가, 다시 입자성이 파동성을 누르고 들고 일어난다.

간략하게 요약하자면 이렇다.

예전 수 세기 전 17세기에, "빛은 입자다. 아니다 파동이다." 말이 많았다.

호이겐스[12]같은 사람은 빛은 파동이라고 주장하고, 뉴턴은

---

12) 크리스티안 호이겐스 또는 크리스티안 하위헌스(Christiaan Huygens, 1629-1695)로 불리는 네덜란드의 수학자이자 물리학자이며 천문학자이다. 1690년에 빛의 반사, 굴절 그리고 회절 등 빛

입자라고 주장했다. 그래도 당시에는 "역시 물리학 하면 뉴턴" 하는 시대였기 때문에 빛은 입자라는 주장이 오랫동안 받아들여졌다.

그러다가 19세기 초 영국의 영[13]이라는 사람이 파동이론을 이용해 빛의 간섭을 설명하고 나서는 "빛은 파동이다."라는 생각이 널리 받아들여지게 된다. 아마 독자들도, '영의 이중 슬릿 실험' 그림이 어렴풋이 기억날 것이다. 고등학교 고학년이 되면 배우는 내용이다. 빛과 스크린 사이에 이중 슬릿을 놔두었더니, 파도 같은 간섭무늬가 나타났다던 그 그림 말이다. 게다가 19세기 말에는 영국의 맥스웰[14]과 독일의 헤르츠[15]가 빛이 전자기파의 일종이라는 것을 밝혀내면서, 그간의 오랜 싸움은 파동설의 승리로 끝나는 것처럼 보였다.

에 관한 파동 이론을 다룬 〈빛에 관한 논술〉을 출간하였다. 이 이론은 아이작 뉴턴(Isaac Newton)이 자신의 저서 『광학』에서 다룬 빛의 입자설과 반대편에 서 있는 이론이었다.

13) 토마스 영(Thomas Young, 1773-1829)은 영국의 의사이자 물리학자로, 빛의 파동이론을 증명하는 이중 슬릿 실험을 개발했고, 이로써 빛의 입자설과 파동설에 대한 논란에 종지부를 찍었다.

14) 제임스 클러크 맥스웰(James Clerk Maxwell, 1831-1879)은 스코틀랜드에서 태어난 영국 물리학자로 '빛은 전자기파의 일종이다'라는 빛의 전자기파설을 제안하였다.

15) 하인리히 루돌프 헤르츠(HeinrichRudolf Hertz, 1857-1894)는 독일의 물리학자로 전기진동 실험을 통하여 전자기파의 존재를 처음으로 실증해 보였다. 진동수의 단위 헤르츠(Hz)는 그의 이름을 기리는 의미에서 만들어졌다.

그러나 후에 과학자들이 또 연구를 하더니, 빛이 입자라고 주장하기 시작했다. 광전효과를 연구한 사람들이 빛이 입자라고 주장하기 시작한 것이다. 아마 고등학교 적에 책을 좀 본 독자들이라면, 무슨 진공관 같이 생긴 실험 장치를 기억할 것이다.

아인슈타인도 이 광전효과에 대한 연구로 노벨상을 받았다. 내용인즉, 빛이 금속이나 원자 속에 들어 있는 전자를 떼어낼 때는 광양자와 전자와의 일대일 충돌에 의해 전자가 튀어나온다는 것이다. 따라서 에너지가 큰 광양자는 전자를 떼어낼 수 있지만, 에너지가 작은 광양자는 아무리 많아도 전자를 떼어낼 수 없다. 이것으로 진동수가 작은 붉은 빛은 아무리 강하게 빛을 비추어도 광전자가 나오지 않지만, 진동수가 큰 푸른빛은 약하게 비춰주어도 전자가 튀어나오는 것을 설명할 수 있었다(무지개 수업 기억나는가? 빨간색은 에너지가 낮고, 보라색은 에너지가 높다던 그 수업. 에너지가 낮으면 진동수가 낮고, 에너지가 높으면 진동수가 높다). 또한 같은 색을 비춰 주었을 때 튀어나오는 광전자의 에너지가 모두 같은 것도 설명할 수 있었다. 같은 색의 빛은 모두 같은 에너지를 가지는 광양자로 이루어졌으므로 전자와의 충돌로 전자에 전해주는 에너지가 같기 때문이다. 이러한 내용은 빛의 입자성에 대한 설명으로서, 이렇게 해서 다시 주도권이 입자성으로 넘어가게 된다.

하지만, 여기에서 관심을 기울여야 하는 것은 '영의 이중 슬릿 실험'이다.

이름도 '영'인데, 이 책 안에서는 이 실험을 '제 0 실험'이라고 하면 어떨까?

사실 뭐, 다른 실험은 내가 하려는 얘기에 있어 그다지 중요하지도 않고, '영의 이중 슬릿 실험'도 '빛과 스크린 사이에 이중 슬릿을 놓으니까 간섭무늬가 보인다' 정도만 알고 넘어가도 별 문제는 없다.

그리고 사실 영의 실험조차도 자세한 내용들은 잘 알지도 못하고, 관심도 없다.

그저 **'빛과 스크린 사이에 이중 슬릿을 놓으니까 간섭무늬가 보인다.'**만 알고 있을 뿐이다.

제 1 실험

자, 이제 '제 0 실험'을 좀 더 발전시켜보면 어떨까?

원래 '제 1 실험' 디자인은 조금, 아니 조금 더 복잡하다. 하지만 원래 이 글을 쓰면서, 절대 어렵게 쓰지 않기로 마음먹었기 때문에, 디자인을 좀 더 간단하게 만들어 보려 한다.

영의 실험에서, 광자 발생기의 강도를 크게 낮춰서 1초당 광자 하나가 발사되도록 조절하더라도 역시 스크린에는 간섭무늬가 보이게 된다. 1초당 광자가 하나씩 발사된다면, 간섭이 일어날 수가 없음에도, 스크린에는 여전히 간섭무늬가 보이게 된다.

입자설과 파동설 둘 다 이런 현상을 설명할 수 없지만, 양자역학을 이용하면 이를 설명할 수 있다.

이쯤에서,

"이 친구 완전 사기꾼이구먼. 물리학 이야기는 조금밖에 안 한다더니, 이젠 양자역학 이야기를 늘어놓네."

하고 생각하는 독자가 있기 마련일 것이다.

하지만 이 이야기는 꼭 해야 한다. 양자역학이 맞던 틀리던, 이해하고 넘어가야 하는 내용이다. 게다가 '양자역학을 제대로 이해하는 사람은 아무도 없다'는 것이 일반적으로 받아들여지는 견해이므로, 두 다리 쭉 펴고 마음을 편히 하자.

양자역학의 설명은 이렇다. 파인만[16]의 설명에 의하면, 하나의 광자는 두 개의 슬릿을 동시에 거쳐 온다. 즉 스크린에 도달한 광자는 두 개의 가능한 과거를 갖고 있으며, 이들이 결합되어 나타난 확률파동에 의해 스크린의 특정 위치에 도달할 확률이 결정된다. 광자의 두 슬릿을 각각 통과하는 파동확률

---

16) 리차드 필립스 파인만(Richard Phillips Feynman, 1918-1988)은 미국의 물리학자로, 『파인만 씨 농담도 정말 잘 하시네요』(안국출판사, 1987)를 비롯 여러 대중적인 저작물을 통해 과학의 대중화에 힘썼으며, 아인슈타인과 함께 20세기 최고의 물리학자로 일컬어진다. 본 책에서의 해석은 파인만의 물리학 책인 〈파인만 강의〉 제 3권의 해석에 바탕을 두었다.

이 스크린에서 합쳐지면서 간섭무늬가 나타난다는 것이다.

어려운가? 그렇다면 이 사실 하나만 기억하면 된다.

"빛을 입자로 나누어 발사해도 스크린에는 간섭무늬가 생긴다."

아직까지는 많은 독자들이 익숙한 내용일 것이다.

제 2 실험

자, 이제 독자 대부분이 잘 모르는 얘기를 시작하려 한다.

이 실험은 가장 중요한 실험이지만, 언제나 그렇듯이 가장 중요한 것은 이해하기가 그리 어렵진 않다.

우선, 지나가는 광자에 꼬리표를 달아주는 장치를 두 개의 슬릿 바로 앞에 각각 설치한다. 꼬리 부착기라는 것은 별게 아니고, 슬릿을 통과하는 광자의 스핀 축이 어떤 특정 방향으로 향하도록 만들어 주는 장비를 사용하면 된다. 다시 말하면, 광자가 1번, 2번 슬릿 중 하나를 통과하게 되어 있는데, 1번 슬릿 앞에는 스핀 축을 위로 향하게 만드는 꼬리표 부착 장치가 있고, 2번 슬릿 앞에는 스핀 축을 아래로 지나게 만드는 꼬리표 부착 장치가 있다는 말이다. 그리고 나서, 입자가 도착한 위치뿐만 아니라 스핀의 축의 방향까지 측정할 수 있는 고급형 스크린을 사용하면 '어떤 광자가 어떤 슬릿을 통과했는지' 판별할 수 있을 것이다.

신기한 것이, 이렇게 장비를 만든 상태에서 실험을 하면 원래 보였던 간섭무늬가 더이상 스크린에 나타나지 않게 된다. 그 이유는 슬릿 바로 앞에 장치한 꼬리표 부착기가 광자가 어떤 슬릿을 통과했는지 알려주기 때문에 광자는 간섭이라는 성질을 포기하고 입자처럼 행동하게 된 것이다. 입자가 된 광자는 한 번에 하나의 슬릿만을 통과할 수 있으므로 확률파동의 중첩이 일어나지 않으며, 따라서 간섭무늬도 나타나지 않게 된다.

이것이 '제 2 실험'이다.

자신의 존재를 들키게 된 광자는 입자성을 띄게 된다.

제 3 실험

이젠 또 다른 실험이다. 요 내용은 '제 2 실험'의 내용보다 더욱 재미있다.

'제 3 실험'은 1982년 스컬리와 드륄[17]이라는 사람들에 의해 정립된 개념의 변형본이다.

'제 3 실험'은 '제 2 실험'의 확장판이다. 그렇다면, 광자가 아직 스크린에 도착하지 않은 상태에서, 광자의 정보를 없애버리면 어떻게 될까? 마치 지우개처럼 광자가 어떤 슬릿을 통과했는지에 대한 정보를 없애버릴 수 있다면(광자의 스핀 축에 대한 정보를 없애버린다면), 어떤 현상이 벌어질까? 스크린에 간섭무늬가 다시 나타나게 될까? 다시 말하면, 꼬리표 부착기의 정보를 다

---

17) 마를란 스컬리 (Marlan O. Scully)와 카이 드륄(Kai Druhl)은 미국의 물리학자로, 1982년 '지연 양자지우개'라는 개념을 도입하였다.

지워버린다면, 즉 광자의 스핀 축이 위로 향해 있는지, 아래로 향해 있는지 다 지워버리는 장치를 추가한다면, 어떻게 될까?

결론은 스크린 바로 앞에 광자의 스핀 축에 대한 정보를 지워버리는 장치를 추가하면, 광자는 다시 스크린에 간섭무늬를 만들어내기 시작한다.

이것이 제 3 실험이다.

자신의 존재를 들키지 않는다면 광자는 다시 입자성을 잃게 된다.

제 4 실험

이젠 슬슬 점점 더 재미있는 이야기를 할 것이다.

그리고 마지막 실험이기도 하다.

그래도 'β 우주론'이라는 거창한 제목으로 책을 쓰고 있는 마당에, 양자역학 실험을 한 20개는 열거하고, 각각의 연결성을 설명하면서, 폼나게 이야기하고 싶은 것이 나의 내심 바람이긴 하지만, 여기서 끝이다. 더 할 실험 이야기도 없다.

나의 생각으로는 이 다섯 가지 실험이면 된다.

(아 돌처럼 둔탁한 나의 머리여! 손가락 한 마디보다도 짧은 혀여! 그리고 이 끝도 없는 단순무식함이여!)

이 다섯 가지 실험으로 이야기를 끌어가는 데에 있어 단 한 가지 문제가 되는 상황이 있긴 한데, 그 얘기는 이 글 전체의 신뢰성에 아주 심각한 손상을 입히므로, 이 책에서는 언급하지 않고 숨기기로 한다. (솔직히 말하자면, 이 책의 이야기는 특수 β 우주론 정도의 이야기이다. 일반 β 우주론에서는 빛이라는 개념이 상대적으로 흔들리면서 개인마다 상대적인 역동적인 시간이 등장한다. 하지만, 이쯤 하고 그만하자. 정신은 차리고 살아야지 않겠는가?)

'제 4 실험'에서는, 두 개의 슬릿 중 하나의 슬릿 바로 뒤에 광자 감지기를 추가로 설치해 놓는다. 광자감지기라는 것은 말 그대로, 광자가 이 슬릿을 통과했음을 감지하는 장치이다. '제 2 실험'과 '제 3 실험'의 꼬리표 부착 장치와 비슷한 이야기이다.

이때 광자 감지기의 스위치를 꺼 놓으면 스크린에는 원래의 '제 0 실험'의 결과처럼 간섭무늬가 선명하게 나타날 것이다. 그러나 광자 감지기의 스위치를 켜게 되면, 감지기가 광자를 감지했다면 광자는 그 길로 간 것이고, 감지하지 못했다면 다른 쪽 길로 간 것이 되어, 광자가 어떤 슬릿을 통과했는지 알게 될 것이다.

신기하게도, 감지기에게 자신의 경로를 들켜버린 광자는 파동성을 잃어버리고 입자처럼 행동하기 때문에 스크린에는 더 이상 간섭무늬가 나타나지 않는다.

여기서 이제 광자 감지기의 위치를 스크린에 가까운 쪽으로 이동시킨다면 어떻게 될까? 이 경우에도 광자 감지기의 스위치를 꺼 놓으면 스크린에는 간섭무늬가 나타나고, 스위치를 다시 켜면 간섭무늬는 사라진다.

이것은 정말로 신기한 현상이 아닐 수 없다. 왜냐하면 이 실험에서 광자가 어떤 경로를 통과했는지 확인하는 과정은 광자가 슬릿을 지나고 나서 한참이나 지나서 이루어졌기 때문이다. 광자는 슬릿을 지나는 순간에 파동처럼 지나가서 두 개의 경로를 동시에 지나갈 것인지 아니면 입자처럼 행동하면서 한 번에 하나의 경로만을 따라갈 것인지를 결정하게 된다. 그리고 이제 막 광선 발생기에서 나와서 슬릿을 향해 달려가는 광자는 아직 지나가지도 않은 저 앞에 있는 광자 감지기의 스위치가 켜져 있는지 아니면 꺼져 있는지 알 길이 없다. 만약에 광자가 어디를 통과하는지 인지하는 광자감지기의 스위치가 꺼

저 있다면, 광자는 처음부터 파동적인 성질을 가지고 두 개의 경로를 동시에 지나가야 한다. 그래야 스크린에 간섭무늬를 만들 수 있기 때문이다. 그리고 만약 그런데, 광자감지기에 도달했을 때 스위치가 켜져 있었다면 광자는 당혹스럽게 될 것이다. 파동처럼 행동하기로 마음먹고 처음부터 지금까지 그렇게 날아왔는데, 눈앞에는 자신의 입자성을 관측하려는 광자 감지기가 자신의 존재를 잡아내려고 버티고 있으니 말이다. 이런 상황에서 광자는 어떻게 할까? 광자는 말 그대로 쿨하다. 이것저것 생각할 것도 없이 그간의 모든 일들을 모두 다 쿨하게 잊고, 입자처럼 행동한다.

신기하게도 이러한 현상은 광자 감지기의 거리와 상관이 없다. 무슨 말인가 하면, 광자 감지기가 광자발생기로부터 아무리 멀리 있어도 광자 감지기의 스위치가 켜져 있기만 하면 광자는 무조건 입자처럼 행동한다. 더욱 신기한 것은 스위치가 광자가 날아오는 동안 바뀌어도 (켜짐에서 꺼짐으로 그리고 꺼짐에서 켜짐으로 바뀌어도) 똑같은 결과가 나타난다. 제 아무리 우주 저 멀리에서 발생한 광자라 해도, 저 멀리 우주 끝에서 시작된 후, 이중 슬릿의 역할을 하는 어떤 우주의 힘에 이끌린 후, 지구에 날아오게 되어, 당신의 책상 위의 광자 감지기에 걸려 버렸을지라도, 이 같은 광자의 쿨한 성격은 변함이 없다.

머릿속이 복잡해진다.
하지만 기억해야 할 것은 단 하나이다.

"빛은 관찰자가 있고 없음에 따라, 각기 다른 성질인 입자성과 파동성을 갖는다."

바로 이 사실이다.

요약하는 의미에서, 그리고 개념을 확실하게 하는 의미에서, 그리고 이러한 이론적 지식을 우리의 현실로 끌어들이는 의미에서, 좀 더 부연 설명이 필요할 것 같다.

빛이 관찰자가 있고 없음에 따라, 입자성의 성질이 있고, 없다는 것은 빛이라는 것이 관찰당할 때, 다른 말로 다른 어떤 존재가 빛을 입자인지 아닌지 유심히 보고 있을 때(빛이 입자인지 파동인지 관심 없이 그냥 멍 때리고 있는 상황과는 다르다), 그 실체를 드러내어 입자성을 띄게 된다. 누군가 자신이 입자인지 아닌지 관심도 없다면, 그저 자기 멋대로 입자인 둥 아닌 둥 맘껏 모습을 가지고 있다가, 자신을 누군가가 바라보면서, 자신의 존재를 누군가 인식하고 있을 때(광자가 인식을 하는지 안 하는지는 모르겠으니, 그저 누군가 자신을 인식하고 있다고 하자), 당당히 자신의 모습을 드러내며, "나 이런 존재요." 한다는 말이다.

   (실험에 대한 자세한 이야기가 궁금한 독자라면, 브라이언 그린의 아름다운 저서인 『우주의 구조』(2005년, 박병철 역, 승산출판사)를 읽어 보자. 겁나게 많은 내용으로 이루어진 두꺼운 책이지만, 읽으면 읽을수록 빠져드는 재미있는 책이다. 양자역학의 기본부터 최신 이론까지 여러 이론을 독자들이 읽기 쉽게 이야기해주고 있으며, 특히 많은 그림들은 양자역학 이론에 대한 이해를 위해 많은 도움이 된다. 어쩌면, 그 책 『우주의 구조』를 보다가 이 책 『이기적 우주론』은 라면 받침대로 전락할지도 모를 일이다. 또한, 이외에도 '이중 슬릿'이라든지 '지연된 과거 지우기' 등을 인터넷의 검색창에 입력하기만 하면, 정말이지 수많은 이야기들과 이해를 돕는 그림들을 볼 수 있으니, 그림이 없는 이 책 『이기적 우주론』의 부족함과 따분함을 상당 부분 해소해 주리라 생각한다. 저자도 내가 금

손이었으면 좋겠지만, 그래서 독자들의 이해를 돕기 위한 그림이라도 몇 개를 책에 끼워 넣고 싶지만, 아쉽게도 저자는 끔찍한 돼지손이다.)

알아두자. 지금까지 이야기한 이 다섯 가지 실험은 단 한 번도 틀린 결과를 보인 적이 없다는 사실을.

자 이제, 복잡한 실험 이야기는 끝났다.

슬프도록 재미있는 우리의 현실로 돌아가 보자.

인생은 초콜릿 상자와 같은 거야. 다음에 무엇이 잡힐지 아무도 모르거든.

— 〈포레스트 검프〉 중에서

어둠에
관하여

난 버림받았어.
한마디로 얘기하자면 보기 좋게 차인 것 같아.

- **서태지와 아이들** 〈**필승**〉 중에서

거기엔 아무것도 없었다.

암흑이라 말하기에 너무 어두운 어두움.

검정색으로 표현할 수 없는 어두움.

아무것도 없었다.

그 어두움 속에서, 아무것도 느껴지지 않고, 생각나지 않는

그곳에서,

무언가가 보였다.

그리고, 그 무언가를 바라보고, 그것이 나를 바라보는 나의 눈이었음을 알게 되었을 때,

너무도 무서웠다.

드라마를 볼 수도 없다. 드라마에서 분출되어 나오는 그런 많은 감정들, 그런 것들을 나는 이겨낼 수 없었다. 그냥 하나 하나의 대사에서도 눈물이 쏟아질 것 같은 그런 드라마들.

처음에는 드라마로 시작되었지만, 시간이 지나면서, 볼 수 없는 프로가 많아지기 시작했다. 시간이 지나면서 버라이어 티 쇼, 뉴스들도 볼 수가 없게 되었다. 어느 때인가 나는 결국 볼 수 있는 프로라는 게 〈동물의 왕국〉이라는 다큐멘터 리밖에 남아 있지 않았다. 동물 애호가들은 어떻게 동물의 왕국을 보면서, 아무런 감정을 느끼지 않을 수 있냐고 반박할 지도 모르겠다. 하지만, 나에게는 그랬다. 동물의 왕국은 그 나마 마음의 동요 없이 볼 만했다.

음악을 들을 수도 없었다. 음악에서는 가장 먼저 멀리하게 된 게, 한국어로 된 대중가요였다. 음악을 들으면서 느껴지는

그러한 가슴의 떨림을 이겨낼 수 없었다. 역시 여기에서도, 점점 들을 수 없는 음악이 늘어나기 시작했다. 외국 대중가요, 클래식…, 결국 마지막에는 들을 수 있는 노래라는 것이 만화주제가뿐이었다. 만화주제가를 만드는 분들이 또 반박할지도 모르겠다. "얼마나 열심히 만들었는데 그런 소릴 하느냐?"며. 하지만, 나에게는 그랬다. 만화주제가는 별 감정의 동요 없이 들을 수 있었다. 물론 〈파이널 판타지〉의 'Eyes on me' 같은 노래는 만화주제가라 해도 들을 수가 없었다.[18]

점점 사람들이 무서워지기 시작했다. 주위의 모든 사람들이 나를 해칠 것 같다는 생각이 들었다.

할 수 있는 것이라고는 나의 그 조그만 방 안에서, 가만히 온종일 멍하니 앉아있는 것일 뿐.

하지만, 그럼에도 마음은 여전히 두려움 속에 있었다.

'자살'

---

18) 잠깐 시간을 내어 인터넷에서 노래를 찾아 한번 들어 보자. 문장이 한층 잘 이해가 될 것이다.

이 한 단어가 얼마나 많이 머릿속에서 떠올랐는지 모르겠다. 그 단어가 머릿속을 가득 채워서, 꺼지지 않고 계속되는 아침의 알람소리처럼, '자살'이라는 단어가 떠올랐다. 지워지지 않는 그 단어. 머릿속에서 마치 북소리처럼 쉼 없이 들려오는 그 단어. 계속 나를 중얼거리게 만들었던 그 단어.

'자살', '자살', '자살', '자살', '자살'…:

점점 세상이 어두워졌다. 눈에 어두움밖에 안 보였고.

어느 순간, 이러한 어둠들은 '어둠', '암흑' 그런 말로 표현할 수 없는 그런 색깔로 변해갔다.

나도, 내가 왜 이 지경이 되었는지 잘 모르겠다.

내 인생은 그야말로, 썩 괜찮은 인생이었다.

부모님이 가난하긴 했지만, 그래도 부모님은 나에게 아낌없는 사람을 베풀어 주셨다. 그리고 정직이라든지 성실이라든지, 인생에 있어 그 무엇보다도 중요한 덕목의 중요성을 잘 가르쳐 주셨다.

다행스럽게도, 사는 데 그다지 문제는 없었다.

어렸을 적에 달리기를 좀 못하기는 하였지만, 조금씩 생활환경이 시골에서 도시로 바뀌면서, 상대적으로 달리기를 못하는 것도 아닌 상황이 되었다. 도시에 와보니, 나보다 달리기를 잘하는 친구들보다 못하는 친구들이 훨씬 더 많았으니까.

대학에 한번 떨어지기는 했지만, 다음 해에 붙었고, 우리나라 안에서는 그래도 최고라고 알아주는 대학의 의대에 합격해서, 항상 주눅들지 않고, 자신감 있게 살아왔다.

수업시간에 졸게 될까 봐 입안에 스테이플러 철심을 씹으면서 수업을 듣다가 입 안이 헐 정도로 의욕도 있었고, 의사가 되어서는 그렇게 싫어했던 아픈 사람들을 고치면서, 조금씩 아픈 사람들을 없애 갔다. 예전부터 꿈꾸어왔던 그런 삶이다.

하지만 그렇다고 세상에 대해 그렇게 꽉 막힌 그런 사람도 아니었다. 가끔은 친한 친구들과 만나 밤새도록 술을 마시면서 양껏 놀기도 하고, 새벽에 술이 깰 때쯤이면, 어슴푸레 밝아오는 세상을 바라보며, 친구들과 진지하게 이야기를 나눠본 경험도 가지고 있는 그런 사람이었다.

내 인생에 있어, 다른 사람과 달리 좀 유별났다는 것이 있다면, 첫사랑에 대한 이야기인데, 거의 한 십여 년 남짓 좋아하는 사람이 있었다는 것이다. 나중에 잘 되지는 못 했지만, 다른 사람들 얘기를 들어보면, 사실 이것도 별달리 유별날 것도 없는 그런 것이다.

이유는 모른다.
왜 그런 어둠 속에 갇히게 되었는지.
누군가 이미 썼을 표현 같지만, 말 그대로 까만 유리상자 안에 갇힌 것 같았다.
소리칠 힘도 없고, 소리를 쳐도 아무도 주변에 없다.
그저 사방에 어두움만 있을 뿐. 이미 얘기했지만, 말로 표현할 길이 없어 '어두움'이라고 표현할 뿐이지, 그 두려운 색깔이 주위에 있을 뿐이었다.

이유는 모른다.
하지만, 여기는 너무 무섭다.
계속 여기에 있다가는 정말이지, 정신줄을 놓을 것 같다.

그렇지 않아도, 가만히 앉아서 중얼중얼대는 시간이 많아지고 있다.

그래서 말이야…, 그렇다면…, 나는 말이야…, 세상이 말이야…, syntax 공식에서는…, 중얼중얼….

자꾸만 내 마음대로 소리치고 싶다. "개 같은 세상아!" 너무 무서운 세상이니 세상에 대해, 세상을 비하하면서 욕을 하는 것은 당연하다. '별것도 아닌 세상이 착한 나를 괴롭힌다.'는 뜻이겠지.

하지만 그런 소리를 외쳐대는 순간, 아마도 난 이미 나 자신을 통제 못하는 단계로 들어가는 것이다. Insight(통찰력)를 소실하는 단계, 그게 바로 미치는 것의 시작이다. 학생 시절에 정신과 실습을 돌면서 배운 내용 중 기억나는 것은 이것 하나뿐이다. Insight의 소실이 psychosis(정신병)의 시작이라는 사실.

부처는 어느 비구에게 이런 말을 했다고 한다.

"독화살을 맞은 자는 독화살을 빼내고 빨리 독을 빼어내어 치료해야지, 이 독화살을 쏜 자가 누구이며, 화살이 무엇으로 만들어져 있는지 아는 것이 중요한가?"

라고.

그렇다. 독화살을 먼저 뽑아야 한다. 독화살이 무엇으로 만들어져 있는지, 누구한테, 왜 독화살을 맞았는지 그건 나중의 문제이다.

벗어나야 한다. 저 시꺼먼 유리벽 밖으로 도망쳐야 한다.

여기 있다가는 험한 꼴을 당할 것 같다.

나가야 한다.

이번이 내 인생에 있어, 최대의 난관이고, 골칫거리이지만, 그렇다고 예전에 나의 인생이 그리 편한 것만도 아니었다. 그렇기에, 그럴 때에 살아가는, 문제를 풀어가는 하나의 방식이 있었는데, 나는 그것을 '임시방편'이라고 부르곤 했다.

간단한 예를 들면, 내일이 시험인데, 문득 그런 생각이 들 때가 있다.

"내일도 나의 인생이고, 오늘도 나의 인생인데, 내일 시험 때문에 내가 오늘 힘들어해야 하는 것은 과연 맞는 것인가? 미래를 위해 현재를 희생해야 하는 것은 맞는 것인가?"

시험을 앞두고, 갑자기 이런 대책 없는 생각이 머릿속에 맴돌기 시작하면, 큰일이다. 과감하게, 그리고 멋지게 "오늘도 내 인생이니, 그래 결심했어, 이제부터는 내일보다는 오늘을 생각하면서 살 테다." 하고, 펜 집어 던지고, 나가서 담배 한 대 물 수는 없는 노릇이다(성인이면 모르겠지만, 안타깝게도 나는 이런 생각을 중학교 때에 했다. 대학생 때는 비슷하게 다른 생각을 했다. 역시 시험을 앞두고, 아직도 시험을 앞두고 이런 족보- 학교마다 조금씩 다르게 불리는데, 시험 예상 문제를 간추려 놓은 그런 것들을 우리 학교에서는 이렇게 불렀다 -나 보고 있다니. 이제 나도 사람답게 원서로 공부하고 시험을 볼 테다. 성적 까짓 거 안 나와도 상관없어 하는 식의. 지금 보니, 예전 중학생 때의 생각이 대학생 때의 생각보다 좀 더 성숙한 듯한 느낌이 든다).

그럴 때, 만들어낸 것이 '임시방편'이었다. 오늘 하루는 나의 인생이 아니라고 생각하는 것이다.

그냥 내 인생이 아니기에, 시험 준비를 하는 것이다. '딴 생각 말고 공부나 하자.'의 멋진 이름이, 내 안의 갈등과 죄책감을 줄여주는 멋진 이름이 '임시방편'이었다.

임시방편을 이용해 나가 보았다.

"저 벽은 내가 깰 수가 있어. 게다가 하얀색이기도 하지."

하지만, 그 유리벽 밖에는 또 다른 까만 유리벽이 있었고, 그 밖에는 더 두꺼운 또 다른 까만 유리벽이 있었다. 계속되는 임시방편과 계속되는 새로운 까만 유리벽들….

여기는 나갈 수가 없는 곳이다.

인생의 종점. 여기는 인생의 종점이었고 나는 여기에 갇힌 것이다.

고등학교 적 나의 역사책에는 특이한 내용이 있다. 역사책 마지막에는 연대기가 있기 마련이다.

구석기 시대, 신석기 시대, 청동기 시대, 철기 시대, 고조선, 삼국시대, 통일신라, 고려, 조선…, 이런 식으로 말이다. 내 책의 특이한 점은 2014년의 어느 날로 되어 있다.

나는 2014년의 그날에 '시간 축 대전환'이라는 말을 써 놓았고, 그 이후의 모든 것에 검정색 색칠을 해 놓았다.

아마도 그 시간축의 대전환이 미리 찾아온 것 같다. 하지만 내가 생각했던 시간축 대전환은 이런 게 아니었는데… 난 그저 우리가 인식하지 못할 뿐, 실제적으로 시간이 더 흐르지는 않는 상태에 진입한다는 뜻이었는데…. 그런데, 난 지금 느끼고 있다.

선과도 같은 인생에서, 이제는 한쪽 끝에 온 것이고, 그냥 여기가 끝이었던 것이다.

더이상 임시방편은 통하지 않는 곳.

나를
바라보는
눈

아무도 모르게 내 속에서 살고 있는 널 죽일 거야.
내 인생 내 길을 망쳐버린 네 모습을 없애 놓을 거야.

- **서태지와 아이들 〈필승〉** 중에서

나갈 길은 없다.

그저 여기서 저 사방에 있는 어둠만을 바라보며 그저 두려
움에 사로잡혀 있을 뿐.

나가도, 나가도 그저 저 어두운 유리벽만 있을 뿐이다.

나는 여기에 갇힌 것이다.

할 것도 없다. 이젠.

그저 저 유리벽만 바라볼 뿐.

그저 저 어둠을 직시할 뿐.

계속해서 그냥 바라본다. 아무 생각도 없다.

그저 어두움을 바라본다.

헤르만헤세의 『싯달타』라는 책을 보면, 싯달타에게 뱃사공 바스데바가 이런 말을 한다.

"흐르는 강물 소리만 들어도 깨달을 수 있다"

그저 어두움을 바라본다.

아무것도 보이지 않고, 아무 소리도 들리지 않지만, 그저 바라본다.

조용히.

계속 바라볼 뿐….

아무 생각도 하지 않는다….

그저 바라본다….

얼마의 시간이 지났는지 모르겠다.

하루, 한 달, 그리고 일 년, 이 년, 삼 년….

그러던 어느 날.

뭔가 보이기 시작했다.

그 어둠 속에서 무언가가 보이기 시작했다.

스물스물.

처음에는 뿌옇게 형상조차 알아볼 수 없도록 그런 모습이었
는데,

시간이 지나면서, 너무도 자세하게 보일 만큼 그것은 가까
워졌다.

그리고, 마지막에는 이미 알고 있었던 것으로 그것은 다가
왔다.

그것은 나의 눈이었다.

나의 눈이 나를 바라보고 있었다.

그 눈이 나를 바라보고 있었다.

어두운 유리벽 속에, 나갈 수 없는 그 시꺼먼 유리벽 속에, 아무것도 없는 것은 아니었다.

나를 바라보는 나의 눈이 있었다.

왜 나의 눈이 그 어두움 속에서 나를 바라보고 있었는지 모르겠다.

지금에서야 생각하건대, 그것은 나를 지켜온 생명력 그런 것쯤 아니었을까 싶다.

난 태어날 때, 손에 큰 점을 가지고 태어났다. 손바닥에 있는 점인데, 어머니는 애가 태어났는데, 손바닥에 검은 게 묻어 있어서, 계속해서 씻었다고 한다. 그런데, 아무리 해도 지워지지 않으니, 점이라는 것을 알고, 더이상 신경을 안 썼다고 한다.

손바닥에 있는 이 점은 어릴 적 나의 동반자였다. 처음에는 이런 사람들이 많이 있는 줄 알았다. 그런데, 없었다. 이 점이라는 것이 참으로 신기하게 생겼는데, 마치 눈처럼 생겼다. 눈

동자를 닮은 타원형의 갈색 바탕 속에 검은 동공 같은 부분이 있다. 어렸을 적 혼자 손바닥을 바라보면서, "이게 뭘까?" 그런 생각도 많이 했고, 은근히 다른 사람은 없는 점이라 자부심을 갖기도 했다. 가끔은 점을 보면서 힘든 이야기도 나누고, 다시 자신감을 얻기도 했다. 간혹 악성 흑색종일지도 모른다는 주변 사람들의 말에 사뭇 놀라기는 했지만, 그렇다고 점을 뺄 생각을 하지는 않았다. "태어날 때부터 있던 것인데, 별 문제가 있겠나?" 싶었다.

거의 대부분의 사람들은 이 점의 존재를 알지 못했다. 손바닥에 있는 점이라서 눈에 띄지도 않았을뿐더러, 별로 얘기하고 싶지도 않았다. 점을 자진해서 보여줘 봤자, 돌아오는 것은 근심 어린 눈빛들뿐이었다. 그럴 때마다, "세상에 손바닥에 이런 점 있는 사람들이 몇 명 있는데, 외계인들이 쳐들어오면, 점이 빛나게 돼. 그러면, 다들 모여서, 외계인들과 대항해서 싸우러 나가지."라며 얘기하곤 했다. 서른이 넘어서도 이런 이야기를 하고 다녔다는 게 생각해보면 좀 웃기긴 하지만, 그런 식으로 농담을 하면서, 웃어넘길 뿐이었다.

하지만, 내심 손바닥의 눈을 닮은 나의 점은 나의 자신감의 마지막 보루였다. 거의 대부분의 시간에는 점의 존재를 잊고 살지만, 세상 살다가 지칠 때면, 혼자 멍하니 점을 바라보고 있었다. 그러고 있으면, 마치 그 눈을 닮은 눈빛이 말을 하는 것 같았다. 무슨 말을 하는지는 모르겠지만, 한참 동안 쳐다보고 있노라면, 기분이 한결 나아지고, 마음이 편해졌다.

그래서였을까, 나는 그 어두움 속에서 유일하게 보게 된 것이 나의 눈이었다.

나를 바라보는 나의 눈.

나에게는 손바닥의 점이다. 하지만 모든 사람에게는 이런 의미를 지니는 것이 있다. 형체를 가진 것이든, 가지지 않은 것이든, 모든 사람에게 이러한 존재는 있다. 세상 모든 것이 쓰레기처럼 변해버렸을 때, 그를 지켜줄 수 있는 것들. 어릴 적 들은 칭찬의 말들. "너는 언젠가 세상에서 가장 큰 별이 될 거란다." 같은. 아니면 어렸을 적 힘없이 바라볼 수밖에 없던 아기 고양이의 죽음과 같은 기억들처럼.

어차피, 빠져나갈 수 없다.

〈매트릭스〉 영화의 배터리용으로 배양되는 인간처럼, 이 공간을 나갈 수는 없다.

나는 이 시꺼먼 유리벽 안에 갇혀 있다.

꿈을 꾸어야 한다.

나의 꿈을…; 나의 꿈을….

나의 머릿속에 새로운 세상을 만들어야 한다.

내가 꿈꾸는 세상을.

아무런 거칠 것도 없는, 아무런 제약도 없는, 자유로운, 나하고 싶은 대로 이루어지는 그런 세상.

그런 세상을 만들어야 한다.

내 머릿속에, 그런 세상을 꿈꾸어야 한다.

철옹성 같은 그런 꿈의 세상.

누구도 뭐라 할 수 없는, 나만의 세상.

누구도 비난할 수 없는 그런 세상.

내 인생이 이 어둠 속에서 끝날지라도, 내 인생만은 아름다웠다고 말할 꿈들.

그리고, 이게 꿈인지 현실인지 구별할 수 없는 그런 꿈들.

무한대의 자유.

내 맘대로의 세상.

나의 꿈.

즐거운 나의 꿈.

행복한 나의 꿈.

세상에 존재하지 않지만, 존재하는 나의 세상.

'슈레딩거의 고양이' [19]처럼, 존재하지만 또 존재하지도 않는 나의 세상.

---

19) 슈레딩거의 고양이는 1935년 오스트리아의 물리학자 슈레딩거(Erwin Rudolf Josef Alexander Schroedinger)가 고안한 사고 실험이다. 원래는 코펜하겐 해석(관측에 의해 파동함수가 붕괴된다는 양자역학적 해석의 일종)의 비상식적인 면을 드러내고자 하는 것이 목적이었으나, 양자역학의 특징을 설명하는 대표적인 예시로 흔히 사용된다. 이 실험에서, '죽었지만 죽지 않은 고양이'가 등장한다.

꿈.

그리고,

우주를 만들어내기 시작했다.

β 우주를.

Warning

인간은 말이지. 뭐든지 될 수 있단다.
넌 아름다운 보석이다….
그러니 괴물 따위 돼선 안 돼….

- 우라사와 나오키 〈몬스터〉 중에서

Warning!

이제 마지막 경고이다. 처음부터 누차 경고를 했지만, 이건 마지막 경고이다.

책의 제목인 'β 우주'라는 말이 튀어나오지 않았는가?

이젠 시작인 것이다. 그래서 마지막 경고이자 부탁을 하는 것이다.

그 끝은 아름다움과 기쁨으로 가득할 것이다. 하지만 역시 행복은 없다.

하지만 끝까지 가지 못하고 삑사리 나는 것은 책임 못 진다. 이해 못 하는 것도 책임 못 진다.

나는 이 새로운 세계에 대해, 수십년간 꿈꿔왔고 생각해왔다. 그래도, 아직도 가끔 기존의 세계관과 이 새로운 세계관과 머릿속에서 충돌하면서, 한동안 정신적으로 붕괴되는 경우가 있다. 사람들이 '멘붕'이라고 표현하는 정신적 붕괴(psychological collapse).

단적인 예를 들자면 이렇다. 한번은 아내와 함께 지하철을 타기 위해 승강장에서 기다리고 있었다. 그때 우연히 다른 과 교수님을 만나서 인사를 나누게 되었다. 그런데 막상 교수님과 이야기를 마치고, 뒤를 돌아보았을 때, 아내가 보이지 않았다. (아내는 아무래도 불편한 자리였던 듯하다. 아내는 내가 저 멀리 다가오는 교수님께 인사하는 것을 보고, 저만치 멀리로 거리를 두고 가 버렸다.) 일반적으로 이런 상황에서, 당신이라면, 아내를 찾기 위해 여기저기 두리번거릴 것이다. 하지만, 나의 경우는 달랐다. 아내가 사라진 것을 알게 된 나에게는 주변에 아무것도 보이지 않았다. 그

이 기 적
우 주 론

저 어두움만 있을 뿐이었다. 지난 몇 년간의 아름다운 꿈들이 이젠 끝났다고 생각했다. 그리고 난 아직도 그 예전의 시간에, 그 어두운 유리벽 안에 있으며, 유리벽 안에서 꾸었던 너무 행복했던 꿈들이, 역시 그냥 나만의 꿈이었다고 생각하며, 아쉬워했을 뿐이었다. 이런 식의 정신적 붕괴이다.

이해했다손 치더라도, 다른 사람들에게 얘기해줬다가, 바보 취급당하더라도 책임 못 진다.

아마도, 몇 번 얘기하고 보면, 얘기하고 싶지도 않을 것이다. 다른 사람이 바보 취급하는 것은 둘째 치고, 당신 자신이 너무 힘들 것이다.

자신 없으면 여기서 책을 내려놓길 바란다.
저기 보이는 지하철역의 쓰레기통에 버려라.

β 우주에서의
공간에 관하여

'나'는 '너'로 인하여 '나'가 된다.
'나'가 되면서 '나'는 '너'라고 말한다.
모든 참된 삶은 만남이다.

-마르틴 부버 『나와 너』 중에서

"꽃은 왜 꽃일까?"

당혹스러운 질문이다.

"꽃은 왜 꽃일까"라니? 마치 선문답 시간이 된 것 같기도
하다.

아마도, 독자들도 생각해보면, 오랫동안 도를 닦은 분들은 이렇게 답할 것이라 추정할 것이다.

"꽃은 꽃이니, 당연히 꽃은 꽃이지요."

그렇다. 정답이다. 괜히 도를 닦으시는 분들이 아닌 것이다.

"꽃은 꽃이니, 당연히 꽃은 꽃인 것이다."

"산은 산이요 물은 물인 것이다."라는 말처럼.

하지만 당신의 머릿속에 떠올랐을 대답, 아마도,

"당연한 거 아냐?"

라는 것도 맞다. 정답이다.

이런 것 보면, 대체로 모든 글에 나오는 그런 이야기들은, 정의 자체를 존재로 규정하는 이야기들은 당혹스럽긴 하지만, 상당한 신비감을 내포하고 있긴 하다.

여러분들도 언젠가 김춘수의 〈꽃〉이라는 시를 본 적이 있을 것이다. 많은 독자가 이 시를 참 좋아할 것이라 생각한다.

나도 이 시를 참 좋아한다.

내가 그의 이름을 불러 주기 전에는
그는 다만 하나의 몸짓에 지나지 않았다
내가 그의 이름을 불러 주었을 때
그는 나에게로 와서 꽃이 되었다
내가 그의 이름을 불러 준 것처럼
나의 이 빛깔과 향기에 알맞은
누가 나의 이름을 불러다오

그에게로 가서 나도 그의 꽃이 되고 싶다
우리들은 모두 무엇이 되고 싶다
너는 나에게 나는 너에게
잊혀지지 않는 하나의 눈짓이 되고 싶다

-김춘수 〈꽃〉

꽃이 꽃인 이유는 당신이 꽃을 꽃이라고 생각하기 때문이다.

당신도, 나도 꽃이 무엇인지 알고 있다.

당신과 내가 생각하는 그 꽃을 꽃이라고 하니, 꽃은 꽃이 된 것이다.

이것은 단순한 이름에 대한 것이 아니다.

이름에 대한 문제였다면, 아까부터 이 책의 내용이 바뀌었을 것이다.

만약 우리가, '꽃'이라는 것을 '꼼'이라고 부른다면, 나는 이 책의 앞부분에서 이렇게 말했을 것이다.

"꼼은 왜 꼼일까?"

이 글이 영어로 되어 있으면, 꽃이란 말 대신 'flower'라는 말로 의문문이 바뀌었을 것이다.

여기서,

"꽃은 왜 꽃일까?"

라는 질문은 독자 중 하나인 당신과 나의 공통적인 인식에서 기인한다. 난 이 '인식'이라는 표현이 무던히도 싫다. 괜한 현학적인 표현 같아서이다. 그런데, "바라보는 주체와 바라봄을 당하는 객체 상호간에 인정되는 공통적인 앎." 이 말도 좀 우습지 않은가? 그냥 인식이라 하자. 게다가 많은 독자는 인식이란 단어를 인식이라는 정확한 의미로 인식하고 있기도 하다.

　내가 알고 있는 꽃과 당신이 알고 있는 꽃에 대한 공통적인 인식에서 말이다.

　다른 말로 하면,

　"꽃은 왜 꽃일까?"

　라는 이 질문에 대한 대답은 대답이 어찌되었건 당신과 나의 공통적인 인식에서 나오게 된다. 당신과 내가 공통적으로 생각하는 꽃에서 말이다.

　그렇기 때문에 "당연한 것 아니냐?"라는 대답과 "꽃은 꽃이니, 당연히 꽃은 꽃인 것이다."라는 두 대답 모두 맞는 것이다.

　하지만, 독자 여러분의 친구 중 하나가 꽃을 한 번도 보지 못하고, 냄새를 맡지도 못하고, 꽃이라는 것의 존재를 모르는 사람에게 "꽃은 왜 꽃일까?"라고 질문한다면 어떤 일이 벌어질까?

당신은 꽃을 알고 있다. 하지만 상대방은 꽃이라는 것은 금시초문이다.

이럴 경우, 당신은 꽃을 인식하고 있지만, 상대방은 꽃을 인식하지 못한다.

당신이 "꽃은 왜 꽃일까?"라고 물어봐서, 상대방은 "꽃이란 게 있나 보다." 하고 생각할 것이다.

당신의 꽃과 그 사람의 꽃은 다르다.

당신은 꽃의 실체를 알고 꽃에 대해 묻는 것이고, 그 사람은 꽃의 실체를 모르고 꽃의 존재에 대해서만 알게 된 것이다(물론, 당신이 평소에 그 사람의 신뢰를 잃었다면, 그 사람에게는 꽃의 실체뿐 아니라 존재에 대해서도 모르게 되겠지만).

그렇다면, 그 사람에게 있어 "꽃은 왜 꽃인가?"라는 것이 당연한 질문일까? 과연 "당연하지."라고 답할 수밖에 없는 질문일까?

그 시작을 보면 이러하다.

처음 어느 순간, 엄마이든 누구든, 아마도 당신에게 꽃을 보여주면서, "이게 꽃이란다."라고 알려 주었을 것이다. 만약 당신이 눈이 안 보이는 장애가 있다면, 꽃을 만지게 하면서, "이게 꽃이란다."라고 알려 주었을 것이고, 당신이 눈도 안 보이고, 몸도 못 움직이는 그런 장애가 있더라도, 누군가 "이게 꽃이란다."라고 알려준 적이 있기 때문에, 당신은 "꽃은 꽃"이라고 받아들이게 되고, 따라서, 당신은 "꽃은 왜 꽃인가?"라는 질문에 "당연하지." 하고 대답할 수 있는 것이다.

당신은 나의 "꽃은 왜 꽃인가?"라는 질문을 보고는, 당신 속에 인식되어 있는 꽃을 생각하고, 더이상 생각할 것도 없이 "당연하지."라고 대답하게 된다. 뭐 어떤 독자들은 그 생각보다는 내가 사기꾼이라는 생각을 했을 수도 있겠다. 하지만 그런 생각도 안타깝게도 "당연하지."라는 일련의 생각 후에 나오는 생각이다.

내가 그의 이름을 불러 주었을 때
그는 나에게로 와서 꽃이 되었다

이 기 적
우 주 론

꽃에게 이름을 불러줄 때, 그는 나에게로 와서 꽃이 된다.

군이 앞에다가 대놓고 "꽃"이라고 이름을 불러줄 필요는 없다.

내가 너를 꽃이라 하니까, 그것이 나에게로 와서 꽃이 된 것이다.

어떤 독자들은 이런 생각을 할지도 모르겠다.

들판에 있는 꽃들, 내가 어디에 있는지도 모를 사방에 만개한 꽃들, 그것들은 무엇인가?

사실 말하자면, 이 문제에 대해 나도 참 오랫동안 생각해 왔다.

(이와 같은 생각은 마르틴 부버의 『나와 너』[20]라는 책에서 등장하는 '그것'과 '너'의 차이에 대한 이야기일 수도 있다. 이런 차이 때문에 이 글을 읽고 있는 독자들은 '꽃'의 예에 대하여 상당히 혼돈스러울 수도 있겠다. 하지만 이 책에서는 '그것'과 '너' 사이에 차이가 없음을 알고 책을 읽는 것이 도움이 될 것이다.)

그 꽃은 '들판에 있는 꽃들, 내가 어디에 있는지도 모를 사방

---

20) 이하 이 책에서 등장하는 마르틴 부버(Martin Buber, 1878-1965)의 『나와 너』의 내용은 문예출판사에서 2001년에 출간한 번역본 (표재명 역) 에 바탕을 두고 있다.

에 만개한 꽃들'이다.

꽃이란 테두리 안에서, 당신이 생각해 낸, 당신이 들판에 있는 꽃들, 당신이 어디에 있는지도 모를 사방에 만개한 꽃들인 것이다.

당신이 꽃에게 이름을 불러줄 때, 그는 당신에게로 와서 꽃이 된다.

그렇다면, 당신이 '꽃을 불러주는 순간'과 '아무것도 아닌 것이 당신에게로 와서 꽃이 되는 순간'은 시간적으로 어떤 차이가 있을까?

동시이다. 당신이 '꽃을 불러주는 순간'에 '아무것도 아닌 것이 당신에게로 와서 꽃이 된다'.

이쯤 되면, 성질이 급한 어떤 독자들은 이런 질문을 할 것이다.

자신이 짝사랑하는 사람이 있는데, 자신이 그 사람에게 "나의 연인"이라고 부르면, 그 사람이 성질 급한 그 독자에게 다가와서 연인이 되느냐고?

슬프게도 아니다. 다시 말하지만, 이것은 단순한 이름 짓기에 대한 문제가 아니다. 그 사람은 당신이 생각해도 당신의 연인이 아닌 것이다. 당신은 그 사람을 짝사랑할 뿐, 그 사람이 당신을 좋아하지 않는다는 것을 잘 알고 있지 않는가?

당신이 부른 "나의 연인"이라는 것은, 당신이 나의 글을 읽고, 성질 급하게 말한 나의 연인이 되길 원하는 그런 존재인 것이다. 그리고 그것을 당신은 "나의 연인"이라고 표현했을 뿐이다.

하지만 언젠가 그 사람이 당신의 진정한 연인이 된다면, 당신도 그 사람을 "나의 연인"이라고 생각할 것이고, 그 사람은 당신의 연인으로 당신 앞에 나타날 것이다.

당신 주변의 모든 사물들, 사람들, 개념들, 이 모든 것들이 이렇게 당신에게 존재한다.

당신이 그 존재를 인식하지 못하면, 그것들은 당신의 세상에는 존재하지 않는다. 잊지 않기를! 당신의 세상에 존재하지 않는 것이다. 다른 사람의 세상에는 존재할 수도 있으니까.

그렇다면, 내가 인식하지 않은 것은 그럼 대체 무엇일까?

내(저자) 친구 중에 미국 샌프란시스코에 사는 존이 있다. 스테이크를 아주 좋아하고, 어여쁜 마누라와 귀여운 아들 딸 하나씩 키우고 있는, 아침에 조깅하기를 몹시 좋아하는 친구이다. 당신은 그 사람을 모른다. 이야기를 나눈 적도 없다. 영어를 못해서가 아니라, 만난 적이 없기 때문이다.

그럼 그 사람은 당신의 세상에 존재하지 않는 것인가? 나의 친구 존은 당신의 세상에 존재하지 않는 것인가?

그렇다. 당신 세상에, 아니 우주에 내가 아는 존은 존재하지 않는다. 당신의 우주에는 내가 이야기한 '나의 친구 존'이 있을 뿐이다.

이쯤 되면, 머리가 조금씩 뒤죽박죽이 될 것이다.

결론부터 얘기하자면,

내 친구 존은 당신이 모르는 그 존이 아니다.

설사, 내 친구 존을 당신도 안다고 해도,

'내 친구 존'은 '당신의 친구 존'이 아니다.

여기서, β 우주에서의 공간에 관한 이야기가 시작된다.

우주는 우리가 배워온 것처럼, 고정되어 있는 눈에 보이는, 귀에 들리는 형상을 갖춘 그런 곳이 아니다.

가운데에 태양이 있고, 그 주위를 행성들이 돌고 있는 태양계, 그 태양이 외곽에서 속해 있는 우리 은하, 그리고 그 은하가 속한 우주, 그것이 우리가 알고 있는 우주이지만, 사실 우주는 그런 모습이기도 하고, 아니기도 하다.

우주를 위와 같은 모습으로 생각하는 사람에게는 우주의 모습은 위와 같다. 하지만 우주를 다르게 생각하는 나에게 우주는 다른 모습이다.

하지만, 알아야 할 것은, "난 그 동안 배운 대로 우주는 가운데에 태양이 있고, 그 주위를 행성들이 돌고 있는 태양계, 그 태양이 외곽에서 속해 있는 우리 은하, 그리고 그 은하가 속한 우주라고 알고 지내겠어!"라고 한다손 치더라도, 그런 생각을 하는 사람들의 각각의 우주가 일치하지 않는다는 점이다.

각각의 사람들이 밤하늘을 바라보며, 밤하늘에 대해 인식하는 것이 다르듯이, 각각의 사람들이 우주에 대해 인식하는 것도 다르다는 것이다.

우주가 위와 같이 그런 형상으로 인식되는 것은, 공통적으로 그만큼의 중첩된 인식이 있기 때문에, 그렇게 인식된 것이다. 물론 중첩된 인식에 의한 우주의 내용이 일치할 뿐이지 서로 다른 우주이다. 이 서로 다른 우주는 중첩된 인식이 동일하다는 또 다른 인식이 더해졌을 때 동일한 우주가 된다. 그리고 사실상 많은 사람들은 그 우주가 동일하다고 인식하고 있기 때문에, 우리의 우주는 일정 부분 동일성을 띠게 되는 현재의 결과가 일어난 것이다. 그래서 우리들이 살아가는 세상도 비슷하게 이루어져 버린 것이다. 그래서 안드로메다 자리의 NGC7662 같은 별의 이름이 생겨나게 되는 것이다. '역설의 사기' 같은 것이라고나 할까? 이건 정말이지 사기다.

사실, 근본적으로는 이런 것이다.

독자 중 제주도에 사는 A 씨의 우주는 서울에 사는 B 씨의 우주보다도 더 넓을 수도 있다.

하지만, B 씨가 인식하는 우주 안에는 더 많은 별이 있을 수도 있다.

지구가 둥글 것이라 생각하는가?

지구는 둥글지 않을 수도 있다. 콜럼버스의 지구는 둥글지만, 세상이 평면이라 생각하고, 바다 멀리 나가면 떨어진다는 생각에, 바다 멀리 나가지 못했던 그 어부에게 있어 지구는 육면체도 아닌 단지 평면일 뿐이다.

그렇다면, 우주에서 찍은 그 둥그런 지구의 사진은 무엇인가?

그것은 지구를 둥그렇게 찍었기 때문이다.

지구를 둥그렇게 찍고, 그것을 둥그렇게 인식한 순간 지구는 둥그런 모습을 갖는다. 그리고 지구가 둥글다는 당신에게 있어 지구는 둥글다.

우주도 마찬가지이다.

당신이 생각하는 우주는 당신의 우주이다.

내가 생각하는 우주는 나의 우주이고.

이 두 우주 간에는 원칙적으로 아무런 공통점이 없다. 다른 우주이므로.

서로 공통점이 있다면, 그것은 당신이나 나나 우주에 대한 인식의 공통점 있기 때문에 쥐똥보다도 작을 공통점이 있는 것일 뿐, 서로 다른 우주인 것이다.

"나의 우주 저 멀리.

나의 별이 있어.

하지만, 나의 지구에서는 별이 없어."

하지만, 이런 생각들.

중요한 것은, 이 모든 것이 인식이라는 것이다.

나의 지구에서는 별이 없는가?

나의 지구에는 없다.

그럼 저 하늘의 빛나는 것들은 뭐지?

이처럼, 인식은 그리고, 그 인식으로 인해 행해지는 이름 붙이기 과정은 쉽지 않다.

인식을 통제하고 구속시키기 위해서는 아주 오랜 훈련이 필요하다.

나의 지구에는 별이 없다. 나의 지구에는 원래 별이 없었거든.

그럼 저 하늘의 빛나는 것들은 뭐지?

아니구나. 별이 아니구나. 헛것을 봤구나.

나의 지구에는 별이 없다.

나의 우주는 통합 우주이다.

각각의 인식이 통합해서 우주를 만들어냈지.

많은 우주가 겹치는 인식으로 인해 겹쳐있는 모습으로 보여.

하지만, 참 신기한 것이 저 어린 아이 하나가 만든 우주는 지구 전 인류가 만들어낸 통합 우주보다도 더 크네.

"나는 우주를 생각한다.

고로 우주가 존재한다."

이 기 적
우 주 론

β 우주에서의
시간에 관하여

What We Think, We Become.

- **붓다**

"오늘 이 일을 마치지 못하면 내일 과장한테 한 소리 듣겠는
데."

어제 독자 중 한 사람인 모기업 사원인 당신은 스트레스를
많이 받았다.

오늘까지 과장한테 지난 3분기 섹션 내 업무실적을 보고해
야 되기 때문이다. 오늘 그 내용을 보고하지 못하면 그 입이
더러운 과장한테 욕을 실컷 먹게 될 것이 뻔하기 때문이다.

디행히도 당신은 어제 밤새 에너지드링크를 마셔가며 일을 완성했고, 오늘 과장 앞에서의 업무 실적 보고는 아무 일 없이 넘어갔다.

그런데, 다음 주 월요일이 걱정이다.

부장님 앞에서 과장님과 함께 3분기 과 내 업무실적을 보고해야 하기 때문이다. 오늘 아침 나의 잘 준비된, 거침없는 발표를 본 과장이 과원들 앞에서 나에 대해 아주 칭찬을 하면서, 다음 주 부서 내 업무실적 보고하는 자리에서 나보고 우리 과 내 실적에 대한 프리젠테이션을 하라고 맡겼기 때문이다. 인정해 주는 것은 좋은데, 역시 부담이 되는 자리이다. 혹시라도 잘못되면, 부장한테 혼나고, 과에 돌아와서는 과장에게 끌려가서 갖은 소리 다 들을 것이 뻔하기 때문이다.

아무래도 이번 주말에 쉬기는 다 틀린 것 같다. 금요일 저녁에 오랜 친구들과 술 한 잔 하기로 했는데, 약속도 미루어야 할 것 같다. 비가 온다 해서, 회를 먹는 것은 다음으로 미루려했는데, 약속까지 미루게 될 줄이야.

과거가 현재에, 그리고 현재가 미래에 미치는 영향은 직관적이다.

어제, 작년, 그리고 다른 과거의 일들이 오늘의 하루를 결정하고, 오늘의 일이 내일, 내년, 그리고 다른 미래를 결정한다.

당신은 어제 밤을 세워가면서 일을 했기 때문에 오늘 과장에게 칭찬을 들을 수 있었고, 이번 주 일요일까지 또 열심히 한다면, 다음 주 월요일에 부장과 과장에게 또 다시 칭찬을 들을지도 모를 일이다.

그렇다면, 여기서 하나의 당연한 질문.
"내가 어제 밤새워 일을 하지 않았다면 어떻게 되었을까?"

오늘 과장에게 욕을 직사게 얻어먹었을 것이다.
그런데, 나는 오늘 욕을 얻어먹지 않았다.

그렇다면, 또 다른 하나의 당연한 질문.
"나는 오늘 혼나지 않았는데, 내가 어제 밤새워 일하지 않을 수도 있는가?"

아니. 그럴 수 없다.

당신은 오늘 혼나지 않았고, 어제 밤을 새우지 않을 수 없다. 다른 말로 하자면, 당신은 이미 오늘 혼나지 않은 것을 알고 있다. 그렇기 때문에 어제 밤새 일을 해야만 한다.

그렇다면, 난 오늘 혼나지 않는 건데, 그래서, 어제도 일할 수밖에 없는 것이란 말인가?

그렇다. 당신은 오늘 혼나지 않았으니까, 그러려면 어제 밤새 에너지드링크를 마시며서 일할 수밖에 없다.

그렇다면, 왜 오늘 혼나지 않았지? 어제 밤새 에너지드링크를 마시며서 일했으니까.

이미 오늘 일은 실체화가 되었다. 그래서 당신은 어제 밤새 에너지드링크를 마시며서 일한 것이다.

당신은 큰 양자 덩어리인 것이다. 오늘 혼나지 않았기 때문에, 어제 밤새 일한 것이다. (오늘이 과거형으로, 어제가 현재형으로 쓰인 것을 유념하자.)

　피곤한 발표를 마치고, 휴게실에서 자판기의 커피 한 잔을 마시고 있는 당신에게, 맞은 편 자리의 어여쁜 김 대리가 다가와서 묻는다. 나이는 당신보다 두 살 많지만, 정말이지 그 미모는 어찌할 수 없는 아름다운 여사원이다. 가끔 인터넷을 하면서 아름다운 여배우의 사진을 한동안 뚫어지게 바라보는 당신이지만, 김 대리는 인기 여배우와 엄연히 다른, 현실의 그리고 다른 느낌의 당신의 이상형이다. 항상 몰래 훔쳐보곤 했는데, 맨날 시큰둥하더니, 오늘 당신이 과장에게 칭찬 받는 모습을 보고, 당신에게 마음이 조금 끌린 상태의 김 대리이다.

　"어제 준비하시느라 힘들었겠어요. 오늘 발표 굉장하던 걸요."

　이 주임의 얼굴이 빨개지면서 마음이 콩닥콩닥~ 콩닥콩닥~ 하는 것은 나의 관심사가 아니다.

　"오늘 발표 굉장하던 걸요."

김 대리기 "오늘 발표 굉장히던 걸요."리고 했다.

당신이 어젯밤에 밤을 꼴딱 새면서, 일하지 않았으면, 김 대리가 그런 말을 할 수 있었을까?

김 대리가 그런 말을 하지 않았다면, "오늘 발표 굉장하던 걸요."라고 말하지 않는 상황이라면, 당신은 어젯밤에 밤새 일하지 않았다는 말인가?

김대리가 "오늘 발표 굉장하던 걸요."라고 말하는 순간, 당신의 과거는 이미 정해졌다.

그 순간, 당신은 오늘 발표를 아주 잘한 것이고, 당신은 어젯밤을 새워 허벌나게 일한 것이다.

어떤가? 이런 느낌 느껴보지 않았는가? 살면서 이런 이상한 느낌 느껴보지 않았는가?

당신은 이 느낌 알지 않는가?

운명 같기도 하고 우연 같기도 한 이 이상한 느낌.

왠지 세상에서 벗어난 것 같기도 하고, 세상의 중심이 되어

이 기 적
우 주 론

버린 듯하기도 한 이 이상야릇한 느낌.

마치 세상이라는 시험 문제지의 답안지를 잠깐 훔쳐 본 느낌.

"당신은 왜 그 사람과 결혼하게 되었죠?"

"당신의 그 질문 때문에요. 당신이 내가 그 사람의 남편이라고 인식하고, 나에게 왜 그 사람과 결혼하게 되었냐고 묻는 순간, 난 그 사람의 남편이 되었어요. 그 순간, 나는 그 사람을 위해 꽃과 케이크를 사는 남자 친구가 되었고, 그 사람의 남자 친구가 되기 위해 그 사람을 소개시켜 준 고등학교 친구를 만나게 되죠. 그리고 그 친구를 만나기 위해, 고향을 떠나 다른 지역의 고등학교에 진학하게 되고요."

"당신이 그런 질문을 하지 않았다면, 나는 그 사람의 남편이 아닌 것이고, 그렇다면 내가 그 사람을 위해 꽃과 케이크를 사는 남자 친구가 될 일도 없지요."

(여보, 미안해. 당신이 하도 글에 당신 얘기를 써 달라고 하니까 이런 이야기를 쓸 수밖에 없는 거라고. 하지만 세상 누구보다 내가 당신을 사랑하는 것은 잘 알 거야. 당신이 나한테 당신을 얼마나 사랑하냐고 물을 때마다, 내가 항상 대답

하던 "89원"보다 훨씬 더, 아주 더 많이 당신을 사랑하고 있다는 것을. 그리고,

이것은 알아줬으면 해. 내가 당신에게 말했던 73원, 79원, 83원, 89원 모두 소수

(prime number) 라는 사실을.)

과거, 현재, 미래는 공존한다.

우리가 아는 것처럼, 과거가 현재에 영향을 주고, 현재가 미래에 영향을 준다.

하지만, 우리가 잘 몰랐던, 그리고 잘 모르는 사실은 '현재가 과거를 만들고, 미래가 현재를 만든다.'는 것이다.

그렇게 같이 존재하는 것이다. 흘러가는 것이 아니라, 그렇게 하나의 융합된 실체로서, 세상에 드러나는 것이다.

이벤트에는 시간이 관여하지 않는다.

다른 말로 풀어 하자면,

이벤트에는 모든 시간이 관여한다.

이 기 적
우 주 론

β 우주에서의
삶의 조각들

나는 왜 나인가?

나에 대한 인식이 나를 만든다.

'나'라는 존재에 대한 인식이 나를 만든다.

나는 내가 만든다. 다른 사람이 생각하는 나는 다른 사람이 만든다.

내가 만든 나는 다른 사람이 만든 나와 다르다.

나의 우주 속에 내가 있고, 다른 사람의 우주 속에 또 다른 내가 있다.

나의 나와 다른 사람의 나는 나와 다른 사람이 느끼고 인식하는 공통된 나로 인해 공통된 내가 만들어지고, 공통되지 않은 나로 인해 나이지만, 서로 다른 내가 존재한다.

나의 과거의 나는 현재의 내가 인식하는 과거의 나이고, 그 과거의 내가 현재의 나를 만들고, 현재의 나 또한 과거의 나를 만든다. 현재의 나는 동시에 미래의 나를 만들고, 미래의 나는 동시에 현재의 나를 만든다.

β 우주에서의
'운명'
그리고
'우연'

'운명' 그리고 '우연'.

더 말할 필요가 있을까?

모든 일은 '운명' 그리고 '우연' 그 자체를 알 수가 없다.
아니, 운명 그리고 우연 그 자체를 알 수 없게 만들어진 것
이 이 우주의 속성이다.

운명을 인식하는 순간 그것은 운명이 되고, 우연을 인식하는 순간 그것은 또한 운명이 된다.

운명과 우연은 "나 누구게?" 하면서 당신을 조롱하다가, 당신이 "너 운명이잖아" 그러는 순간 실망하면서 운명의 모습을 보이고, "너 우연이잖아" 하는 순간 역시 실망하면서 운명으로 바뀐다.

운명 그리고 우연은 같은 이름이다. 운명이라고 깨닫는 순간 그것은 운명이 되고, 우연이라고 깨닫는 순간 그것은 또한 운명이 된다.

그리고 운명이라는 것은 우연이라는 범주 안에 귀속되어 있다.

이러니, 도대체가 풀 수가 없었던 것이다. 맨날 우리를 헷갈리게만 할 뿐 풀 수 없게 만들어져 있던 것이다.

알 수 없는 이 문제에 대해 질문하는 순간 당신은 그 대답에서 멀어질 것이다.

그저 바라만 봐야 하는 것들이다. 아직 파동인지 입자인지
정해지지 않는 그것들.

그저 바라만 봐야 하는 것들이다.

당신이 운명이 어쩌고, 우연이 어쩌고 이야기를 하는 순간.
당신의 답안지는 '빵점' 처리가 될 것이다.

잘 모르겠어. 우리가 각자 운명이 있는지…, 아니면 우린 그냥
우연한 바람 같은 것인지….
난 둘 다 맞다고 생각해. 둘 다 동시에 일어나는 것 같아.

- 〈포레스트 검프〉 중에서

β 우주에서의
사랑에 관하여

사랑.

β 우주에서의 사랑은 어떤 의미일까?

사실 사랑 그런 걸로 이 책의 지면을 낭비하고 싶지는 않다.

사랑의 가치가 없다는 것이 아니라, 그것이 이 세상이나 β 우주에서나 별반 다를 게 없는 그런 것이라는 이야기다.

우리의 새로운 우주인 β 우주에서도 사랑은 그 어떤 것보다도 뛰어난 아름다운 가치이다.

아니, β 우주에서는 사랑이 우리의 기존의 우주보다 더 많은 의미를 차지한다.

사랑은 세상 그 어떤 것보다도, 최고로 강하고 복잡한 인식이다.

사랑을 해 본 독자라면 알 것이다. 그 세밀한 마음 졸임을, 그리고 그 많은 바램과 갈등과 아쉬움을.

이러한 그 무엇과도 비교할 수 없는 다른 것에 대한 복잡한 인식은 새로운 우주를 창출해 가며, 우주를 빼곡하게 채운다. 각각의 인식들이 우주를 넓히고, 다양하게 만든다.

물론 우리의 기존 우주에서처럼 β 우주에서도 미움이 사랑보다는 약하지만 중요한 의미이며, 무관심이 가장 낮은 의미를 지닌다. 특히 β 우주에서의 무관심은 기존 우주의 무관심보다 훨씬 더 낮은 의미를 지니게 된다.

문제는 사랑보다 더한 증오라는 것이 어느 위치에 서야 하느

냐는 것인데, 물론 그런 것이 존재하긴 하니까 있긴 있겠지만,
웬만하면 그런 것은 하지 말자.

β 우주에서의 하루

글을 끝내면서 실생활에도 응용 가능한 β 우주에서의 아주 일부 이야기를 하려 한다. 재미도 쏠쏠할 것이다.

더 많은 이야기는 실생활에서 적용하기가 정말 어렵다.

글을 읽으면서,

많은 독자들이 이런 생각을 해보지 않았을까?

"그렇다면, 내가 만일 나의 짝사랑하는 그 또는 그녀가 나를 사랑한다고 생각하면, 그 또는 그녀가 나를 사랑하게 되는 것인가?"

"그렇다면, 내가 만일 내일 로또에 당첨되어 부자가 된다고 생각한다면, 나는 내일 그렇게 되는 것일까?"

과연, 저자인 이 사람이 얘기하는 그 β 우주라는 것의 실체는 무엇인가?

여기서 나의 예전 경험을 하나 얘기하고자 한다.

예전 중학교 때의 일이었다.

얘기했다시피, 난 아주 조금만 시골에 살았다. 중학교 시절에 도에서 주최하는 학력경시 대회가 있었는데, 이 때문에 각 중학교별로 예비 선발 평가가 있었다.

나는 우리 학교에서 수석을 했고, 이후 방학기간 동안, 각 중학교의 대표들이 군청소재지에 있는, 군에서 가장 큰 중학교에 모여, 조만간 있을 도 학력 경시대회에 대한 준비를 하게 되었다.

그 준비라는 것이, 한 일고여덟 명의 학생들이 모여, 각 과목의 내용을 공부하는 것이었다.

공부를 하던 어느 날, 영어책에 'supper'라는 단어가 등장했다. "supper?" 처음 보는 단어였고, 그때는 웬일인지, 사전을 찾지 않고, 옆에 앉아 같이 공부하던 친구에게 물어보았다.

"supper가 무슨 뜻이야?"

그 친구가 거침없이 대답했다.

"정찬."

그 말을 들은 나의 충격은 실로 엄청난 것이었다.

"이렇게 어려운 단어를 당연하다는 듯이 대답하는 이 친구는 뭐지? 그렇다면, 나 말고 다른 친구들은 다 이 단어를 알고 있나 보다."

공부는 한 달 동안의 방학 내내 진행되었고, 중간중간에 몇 번의 시험이 있었다.

그리고 거의 마지막 시험 때쯤 나의 도 학력경시 대회의 성적을 알게 되었는데, 거의 바닥을 기고 있었던 것으로 기억된다. 이 시험이라는 것이 팀으로 겨루는 시험 같은 것이었다. 그러니까, 나의 친구들, 군 대표 친구들의 성적이 모두 합해져서 성적이 처리되는 그런 대회였다.

친구들에게 많이 미안했고, 나 때문에 경시대회를 망쳤다는 자괴감이 들었다.

나중에 대회가 끝나고, 같이 공부하던 우리 팀이 해산할 때쯤, 처음으로 우리가 공부를 시작할 때, 그러니까 각 학교 별로 치러진 선발고사의 성적을 알려 주었다. 왜 그제서야 선발고사의 성적을 공개했는지 모르겠지만, 선발고사의 성적에 관계없이 열심히 하길 바란 선생님의 마음이 아니었을까 추측해 본다.

그리고, 그 성적을 보고, 나는 정말이지 많이 놀랐다.
난 그 팀 중에 상위 성적으로 대표로 선발되었던 것이었다.
하지만, 그 날 그 하나의 질문, 그 질문으로 인해, 나는 내가 이 팀 중에 가장 실력이 형편없다고 믿었고, 점점 이 모든 것은 현실이 되어 간 것이다.

다른 경험을 하나 말해도 될까?

대학 입학 때의 일이었다.
참으로 신중하게, 열심히 공부를 했지만, 고 3때 대학에 떨어진 나는 재수하면서, 뭐랄까 그런 신중함, 순수함 그런 것들을 많이 잃었다. 다른 말로 하면, 깡다구가 생겼다고나 할까?

대학원서를 냈는데, 경쟁률이 2.3 대 1이었다.

그 정도면 할 만하지 않느냐며 생각할 독자들도 있겠다.

하지만, 전국에서 공부라고 하면 날고 긴다는 애들이다. 이백 명의 정원이었으니, 그 날고 긴다는 애들 삼백 명을 이겨야 대학에 합격할 수 있는 것이다.

게다가 당시는 수능과 본고사를 같이 보는 시절이었는데, 나는 수능 시험도 그리 썩 잘 본 편이 아니어서, 더욱 문제였다.

삼백 명을 어떻게 이기지? 전국의 고등학교가 이천여 개이니, 대략 잡아 근방 다섯 개 학교에서 통틀어 일등 하는 친구들 중 삼백 명을 이겨야 하는 것이다.

처음 원서를 내고, 두려움이 몰려왔다. 대학에 한 번 이미 떨어진 경험이 있는지라, 그 공포는 더욱 심했다.

시험보기 전날 밤, 난 정말이지 한숨도 잠을 이룰 수가 없었다.

그렇게 밤새 뜬 눈으로 보내고, 아침이 되어서 시험을 보러가는데, 정말이지 하늘이 노랬다.

어쩔 수가 없었다.

시험장에 도착해서, 대학교 정문을 들어가면서 생각했다.

"그래, 경쟁률이 2.3 대 1 이니, 딱 한 놈만 이기자. 내 앞자리에 앉을 놈 딱 한 놈만 이기자. 별 수 없다."

도대체가 제정신을 차릴 수가 없었다.

그리고 시험장에 들어갔다.

내 앞에 놈은 아직 오지 않은 상태였다.

대체 어떤 놈일까? 나의 궁금증은 좀 있다 도착할 그 놈에게 모두 모아져 있었다. 나의 유일한 경쟁자. 앞에 놈.

원래 시험에 자신 있고, 공부 잘 하는 놈은 시험장에 일찍 잘 오지 않는다. 좀 늦게 와서 조용히 시험을 보고, 유유히 사라지게 마련이다. 그리고 이놈도 그런 부류 중의 하나일 것이다.

그런데, 그런데 말이다. 이놈이, 이 앞에 앉아야 하는 놈이 시험이 시작되도록 오지 않는 것이었다.

모르겠다. 왜 그런 생각을 했는지.

"난 이 놈만 이기면 되는데, 이놈이 안 오면 나는 대학에 붙었구나."

그냥 당연한 것이었다. 내가 시험에 합격한다는 것이.

정말 마음 편하게 시험을 보았다. 게다가 앞에 놈이 안 왔으니, 다리 쭉 펴고, 아주 편한 자세로 시험을 볼 수 있어서 좋았다.

그리고, 시험에 합격했다.

이제까지 한 이야기는 나의 몇몇 안 되는 경험들이다.

하지만, 눈을 감고 곰곰히 생각해보라.

왠지 이상했던 그 순간들.

현재의 그 사건들이 일어날 거라 이미 알고 있었던 같은 그 느낌들을.

우연이 아니라 운명같이 느껴진 그 순간들을.

아마도 한두 번이 아닐 것이다.

그 순간 당신은 잠시 본 것이다.

같이 흘러가고 있는 과거, 현재, 그리고 미래들을.

이해를 돕기 위해 예를 하나 더 들어보자.

당신이 생각한다.

"내일 오전 10시에 뉴욕 시 타임스퀘어 앞에서 스마트폰으로 셀카 하나 찍고, 라이언킹 뮤지컬이나 봐야겠다."

당신 정말 그렇게 할 것인가? 내일 오전 10시에 당신이 거기에 있다는 것이 당연한 것인가? 내일 아침 출근해야 한다는 걱정이 먼저 되지 않는가? 뉴욕에 갈 수 있을까? 걱정되지 않는가? 의구심이 들지 않는가? 게다가 아직 당신은 휴가도 안 냈다는 생각이 들지 않는가?

그렇다. 당신에게 그려지는 내일 오전 10시의 당신의 당연한 모습은 출근해서 일을 좀 하고, 회사 앞 나무 밑 휴게 장소에서 커피 한 잔 마시면서, 지나가는 사람을 바라보는 것이다. 그것이 당신이 생각하는 내일 오전 10시의 당신의 당연한 모습인 것이다.

그리고, 당신은 내일 커피를 마시면서, "내가 어제 오늘 이 시간에 뉴욕 타임스퀘어에서 셀카 찍고 라이온킹 뮤지컬을 봐야겠다는 말도 안 되는 생각을 했었지." 하고 생각할 것이다.

하지만, 또 다른 당신은 오늘부터 휴가 중이다. 아주 오래 전부터, 이 휴가를 계획했었다.

이번 휴가 기간에는 뉴욕을 갈 생각이다. 그리고, 타임스퀘어에서 사진도 찍고, 라이온킹 뮤지컬도 하나 봐야겠다고 생각했다. "그리고, 자유의 여신상도 함 봐야지."

오래 전부터, 당신은 여권 만료가 되지 않았는지 확인하고, ESTA도 제대로 되어있는지 다 알아놓았다.

오늘 아침 당신은 생각한다. "미국이 여기와 시차가 있으니까, 내일 아침 10시 정도에는 타임스퀘어에 도착할 수 있겠네."

그리고 당신은 내일 아침 10시에 타임스퀘어에 앉아서, 지나가는 많은 즐거워하는 사람들을 바라보며, "쟤네들은 어디서 온 애들이지?" 하며 생각할 것이다. 타임스퀘어 계단에 앉아있는 당신의 모습은 전혀 이상할 것도 없고, 그저 당연한 것이다. 당신은 오늘 아침에 짐을 꾸리면서 내일 아침에는 뉴욕에 있겠다고 생각을 했고, 내일 아침 당신이 타임스퀘어에 앉아있는 당신의 모습은 당신이 생각하기에도 당연하고 아무런 이상할 것도 없는 그런 일인 것이다.

이것이 차이이다.

어쩌면, 이 책의 내용은 다른 책들『시크릿』이라든지, 그런 책들의 내용과 그 결론이 같은지도 모르겠다. "간절히 원하면 이루어진다." 뭐 그런 주제의.

그리고 그 동안 독자들이 책에서, 영화에서, TV 드라마에서 항상 강조하는 그 긍정적인 내용들과 일치하는지도 모르겠다. "꿈은 이루어진다" 그런 류의.

많은 사람들이 성공의 비결 그런 것들의 강연을 하면서 꼭 빼놓지 않고 하는 이야기가 있다.

"도전하는 자만이 이룰 수 있다."

당연하다. 도전을 안 하는데, 무언가를 하겠다고 하지 않는데, 무엇을 이루겠는가?

이 기 적
우 주 론

자격시험을 보는데, 자격시험을 봐서 붙겠다고 마음을 먹어야지 붙는 거지, 자격시험이 있는지 없는지도 모르고, 있다는 것을 알아도 하겠다고 생각도 안 하는데, 무슨 시험을 붙겠는가?

따라서 원래의 저 "도전하는 자만이 이룰 수 있다."라는 말 이외에, 여기서 하나 더 알아두어야 할 말이 있다.

원래의 말을 약간 달리 표현한 말이지만,

"그나마 이루는 사람은 도전했던 사람들이다."
라는 사실이다.

그리고 더욱 중요한 것 하나 더 말을 하자면,

"이루는 사람은 이미 자기가 이룰 것을 알고 있었던 사람들이다."

"나 이번 시험에 꼭 합격해고 싶어."
하는 바람이 아니다.

"나 이번 시험에 붙게 되어 있다."

라는 사실이다.

그냥 내가 시험에 붙는 것은 사실인 것이다. 나는 이번 달 시험에서 행정고시에 붙게 되고, 그래서 내년 초부터는 연수원에 들어가야 하는 것이다. (사실 연수원이 연초에 시작하는지는 모르겠다.)

이 둘의 차이가 무엇일까?

시험에 자기가 붙는 것을 알고 있는 사람은 그냥 만들어지는 것이 아니다. 그냥 바람 그런 것이 아니다. 간절한 바람 그런 것도 아니다.

이런 미래의 사실에 대한 인지는 간절한 바람, 그런 것들의 수준을 한참 넘어선다.

이런 사람들은 자신이 시험에 붙는다는 것을 알고 있기에, 그 시험에 붙을 수 있는 자신의 현재를 알고, 내일 시험에 붙을 사람으로서 이미 완전하게 준비된 수험생이 되어 있는 것이다.

　경험을 떠올려 보라. 그 수많은 경험들.
　당신에게 운명과 우연의 본모습에 대해 고민하게 만든 모든 경험들을.

　시험에 붙고, 승진에 떨어지고, 첫사랑에게 차이고, 지금의 아내에게 키스를 하고, 이 모든 경험들.

　"당신은 왜 의사가 되었습니까? 어떻게 의사가 된 것이죠?"

　나의 친구가 나에게 묻는다면, 이미 이야기한 것처럼 나는 이렇게 대답할 것이다.
　"네가 지금 물어봐서 내가 의사가 된 거야."

　나의 친구가 나에게 "당신은 왜 의사가 되었습니까?"라고 묻는 것은, 이미 이 친구가 나를 의사로 인식하고 묻는 것이다.
　친구가 이런 질문을 하는 순간 나의 과거는 의사면허를 따고, 의대를 다니고, 대학교에 가기 위해 고등학교에서 공부를 하고, 이 모든 과거는 하나의 실체로서 정해지는 것이다.

친구의 질문은 당신의 현재뿐 아니라, 당신의 과거를 하나의 실체로서 정해버린다. 마치 슬릿을 통과한 빛이 자신을 감시하는 존재를 알고 나서(이성적으로 이해하고 알고 그런 것이 아니다), 입자의 형태로 나타나듯이. 그리고 그 빛은 나중에 슬릿을 지나고 나서 자신의 감시자가 있음에도 처음부터 입자의 성질을 띠듯이.

성공담을 늘어놓기 좋아하는 사람들이 하는 또 다른 말이 하나 있다.
"그때 그 실패가 없었다면, 나는 이렇게 성공하지 못했을 거에요."

나의 성공은 그때의 그 쓰라린 실패 때문이다. 나의 현재의 성공은 과거의 실패를 값진 경험과 가치로 만든다.

하지만, 내가 지금 실패했다면, 그 때의 과거의 실패는 값진 경험과 가치가 전혀 아닌 과거부터 계속되어 온 실패의 연속의 시작일 뿐이다.

단지 나는 지금 성공했기 때문에, 이로 인해, 과거의 실패는 값진 경험의 가치가 되는 것이다.

내가 성공한 현재의 이 순간 나의 과거는 값진 경험이다.

그렇다면, 대체 어쩌란 말이냐?

"저자인 당신이 하는 말이 이제는 조금, 아주 조금 이해가 갈 듯도 한데, 그래서, 대체 나보고 어쩌란 말이냐? 간절한 바람도 부족하다면, 대체 어쩌란 말이냐?"

남은 길은 단 한 가지이다.

사실 여기서부터 계속되는 이야기는 여러 가지 버전 중의 하나일 뿐이다.

원래 더 **수많**은 다른 버전들의 이야기가 씌어졌었다.

하지만, 지우고 쓰고, 아니 정확하게 말하자면, 지운 것은 아니다. 따로 저장해 놓았을 뿐이다.

그럴 수밖에 없던 이유는 단 한 가지의 길, 그것에 대해 정녕 알게 된 후, 제대로 된 정신으로 자신이 만들어낸 우주를 지탱할 수 있는 사람들이 그리 많지 않은 까닭이다.

말 그대로 정신 줄을 내려놓고, 나는 무엇인지, 그리고, 이 우주는 무엇인지 알게 되었지만, 남게 되는 것은, 이제는 어쩌지? 하는 생각밖에 안 들게 될 것이라는 것이다.

기쁨은 있지만 행복은 없다는 것이다.

그래서 이 책에서는 남은 길의 한 가지로, 여러 버전 중 가장 약한 단계의 남은 길에 대한 이야기를 할 것이다. 보석이 되어야지 괴물이 될 수는 없지 않은가.

남은 길 한 가지.

앞서 얘기한 것처럼.

그것은 바라보는 것이다.
바라보고 그렇게 아는 것이다.

현재 이 모든 것들이 어떻게 될지 당신은 과거에 이미 알고 있지 않았던가?
미래에 이 모든 것들이 어떻게 될지 당신은 현재에 이미 알고 있지 않는가?

그저 바라보는 것이다. 그리고 그렇게 아는 것이다.

어찌 좀 썰렁하다고 생각할지도 모르겠다. "그냥 바라보라." 그런 이야기는 이미 많은 성공한 사람들이 들려준 이야기이며, 별로 새로울 것도 없다는 생각이 들기 때문이다.

그렇다. '그냥 바라보는 것'. 이것에 대해 알고 있는 사람들은 나 말고도 참 많은 사람들이 있어왔고, 지금도 많은 사람들이

이에 대해 알고 있다.

그들도 아마 내가 본 이런 우주의 기본적인 구조, 다시 말하면 운명과 우연이라는 것 사이에서 갈등해왔고, 어느 날 어떤 경험으로 인해 그것을 본 것이다.

그들은 본 것이다.

운명과 우연이라는 것은 서로 다른 이름이 아닌 같은 이름이라는 것. 그리고, 운명이냐 우연이냐 하면서 갈등하고 고민하고 하는 것이 정말이지 아무짝에도 쓸데없는 그런 무의미한 짓거리란 것을 말이다.

그들은 무엇인지 모를 어떤 경험들을 통해 그리고 생각들을 통해 이미 터득한 것이다.

우연이 운명과 같은 것이라는 것을. 그렇기에 웃으면서, 우연을 운명으로 바꾸어놓을 수 있는 것이며, 운명으로서 그의 인생이 바뀌었을 때, 현실에서의 하나의 실체가 되었을 때, "그럼 그렇지!" 하며, 당연하다며 웃고 있는 것이다.

그리고 당신들에게 그 이야기를 들려준 것이다.

"그것을 바라보라. 그럼 그렇게 이루어진다."

이상하지 않은가? 부처도 똑같은 이야기를 했다는 것이.
"What you think, you become."

앞뒤 쏙 빼놓고, 이런 삶의 비법을 얘기하는 그들(여기서 이야기 하는 그들은 부처가 아니다. 저 위의 성공담 이야기를 하는 그들이다. 어차피 '그들'은 복수형이니까 헛갈릴 일은 없겠지만, 그래도 확실히 해두고 싶다)보다야, 이런 저런 예도 많이 들면서, 그래도 독자를 하나라도 이해시키려는 나의 모습을 보면, 아마도 그들보다야 좀 더 성의가 있는 편이 아닐까 한다.

이 말의 다른 버전의 표현방식은 참 많다.

"꿈은 이루어진다."
"꿈에 눈이 멀어라. 시시한 현실 따위 보이지 않게."
"숨 쉬는 한 희망은 있다(spero spera)."
"꿈은 이루어진다. 이루어질 가능성이 없었다면, 애초에 자연이 우리를 꿈꾸게 하지도 않았을 것이다"
"겁내지 마라. 아무것도 시작하지 않았다.

기죽지 마라. 끝난 것은 아무것도 없다.

걱정하지 마라. 아무에게도 뒤쳐지지 않는다.

슬퍼하지 마라. 이제부터가 시작이다.

조급해하지 마라. 멈추기엔 너무 이르다."

"지칠 테지만 믿음을 잃지 마.

운명의 그 사람은 네게 다가오고 있어.

그것도 최대한 빠른 걸음으로 말이야."(인어공주)

"잠자는 것과 깨어있는 것의 차이가 뭔지 알아?

바로 꿈꾸는 것이야.

그곳이 내가 널 사랑하는 부분이고 그곳이 내가 기다릴 곳이야." (피터팬)

"너에게는 아직 꿈을 이루기 위한 충분한 시간이 있어."(피터팬)

"네가 희망을 잃었다면 나는 나타나지 않았을 거야.

희망이 있기에 내가 도와주려 온 것 아니겠니?"(신데렐라)

"인간의 가장 높은 가치는 자유의지이다"

사실 이런 이야기만으로 책을 써도 몇 권을 쓸 수 있는 많은 분량이다. 그리고 실제로도 수많은 책들이 이것을 주제로 씌어져 있다.

가수 이승철의 그 아름다운 노래에도 이런 가사가 있지 않은가?

그리워하면 언젠간 만나게 되는

하지만 이 가사에서 절대적으로 믿는 과정은 과거에 있다. 그래서 현재와 미래에는 영화와 같은 일들이 이뤄져 가기를 바랄 뿐인 것이다.

어느 영화와 같은 일들이 이뤄져 가기를
힘겨워한 날에 너를 지킬 수 없었던
아름다운 시절 속에 머문 그대이기에

그리고 그는 또는 그녀는 아름다운 시절 속에 머물게 되어 버리고 만다.

이 가사를 예로 들어 이야기하자면(나는 사실 이승철이라는 가수 참 좋아한다. 예전에 콘서트도 가서 아주 감명 깊게 노래를 듣기도 했다. 가수 이승철 씨가 내가 자신의 노래를 인용한 것에 대해 기분 상해하지 않길 바랄 뿐이다),

저 노래 속의 가사가 당신의 지금 모습이라면,

새로운 β 우주에서의 당신의 모습에 적절한 가사는,
"그리워하면 언젠간 만나게 된다."

그리고 끝나는 것이다.
영화와 같은 일들이 이뤄져 갈 필요도 없다.
이미 그리워해서 그 또는 그녀를 만나게 될 것인데, 무슨 영화에 대한 비유가 필요한가?

힘겨운 날에 너를 지킬 수 없었지만, 이제 너를 지킬 수가 있는 것이다. 그대는 과거가 아무리 아름답고 애잔할지언정, 거기에 있을 필요도 없고, 머물 필요도 없다.

언젠가 미래에 그 또는 그녀를 만나서, 당신은 얘기를 할 것이다.
그리워했다고. 그리고 당신의 과거(현재에서의 과거)는 힘겹지도 않고, 결국은 너를 지키지 못했던 것은 아닌 과거가 되는 것이다.

하지만, 사실 과거도 당신이 바꿀 수 있지만(바꾼다는 표현은 잘못된 표현이긴 하다. 그것이 이미 과거로 현실화된 당신의 과거이니까), 그런 과거를 바꾸려고 생각하는 순간, 이미 그 과거는 잘못된 과거로 당신을 사로잡아 버릴 것이기 때문에, 과거를 수정하고 그런 것은 아주 힘들다.

하지만 이 책을 읽는 어떤 누군가는 과거를 만들어낼 것이다. 당신의 과거가 현재와 같이 공존하고 있다는 것을 느꼈다면, 과거를 수정하는 뻘짓거리가 아닌 과거 만들기를 해낼 것이다.

가장 쉬운 게 그나마 미래 만들기이다.

작은 것 하나에서 큰 것까지, 만들어내는 것이다.

"나 내일 로또 당첨되어서 백만장자가 될 것이다."

좋은 꿈이다. 하지만 믿는다는 것이 쉽지 않을 것이다. 하지만 역시 당신이 그런 당신의 미래를 믿을 수 있다면, 당신의 미래가 될 수도 있다. 자신이 아무런 제약 없이 그것을 믿을 수 있게 자신을 통제하는 것이 어려울 뿐이다. 당신이 내일 로또에 당첨된다는 사실을 믿으려면, 당신은 당신을 억누르는 확률을 비롯한 많은 생각들과 싸워서 이겨야 할 것이다.

이런 것들과 다른 사소한 이야기를 해 보자.
"나는 내일 저녁에 일 끝마치고, 새로 나온 수퍼맨 영화 〈맨 오브 스틸〉을 볼 것이다."
이런 것들은 만들어내기가 참 쉽다. 별로 당신의 생각을 제약할 것도 없다. 당신이 생각할 때도, 그냥 어느 정도 믿을 수 있는 이야기이다. 그놈의 과장이 야근만 안 시키면, 영화를 볼 수도 있을 것 같다. 내일 영화를 보는 것이다. 이런 미래 만드는 과정이 내일 당신의 영화 보는 미래를 이미 만들어내고 있는 것이다. 그리고 당신은 내일 영화를 보는 것이다.

저 위의 로또 이야기로 다시 돌아가보자.
당신이 내일 로또 당첨되는 것에 대하여, 이미 얘기했듯이, 이미 많은 힘들이 당신의 생각, 그리고 믿음을 가로막고, 미래 만들기를 방해한다. 그리고 결국 당신은 미래를 만들지 못하고, 그저 강한 바람만 남게 되는 것이다. 그 꿈을, 그 로또가 당첨된 내일을 당신이 만들어낼 수 있다면, 당신은 로또에 당첨되는 것이다. 마치 모든 로또 구입자가 당첨되고, 모든 당첨자에게 일등의 상금을 주게 되어, 당신이 내일 로또 당첨되는 것이 당연하게 된 것처럼, 아무런 제약 없이 당신의 미래를 만들어야 한다. 이미 결정이 된 미래이니까. 당신이 만들어낸 당신의 미래이기에.

시크릿

나는 『시크릿』이라는 내용을 접한 적이 있다. 내용이라고 쓴 이유는 책은 본 적이 없고, 영화를 보았기 때문이다.

이 글을 쓰고 나서, 책을 출판해야 하는데, 나의 글의 분량이 대체 많은 것인지 적은 것인지 알 수가 없었다(사실 처음에는 분량이 많아야 한다고 생각했는데, 지금은 별로 그러고 싶은 생각이 없다). 그래서 인터넷에서 책 출판 분량에 대해 검색을 하던 중, 나의 글이 아마도 자기계발서 그런 영역의 책들과 비슷한 부류가 아닐까 해서, 자기계발서로 출판된 책을 찾던 중, 『시크릿』이라는 책을 알게 되었다(사실 이 글을 읽고 있는 독자들은 알겠지만, 이 책은 전혀 자기계발서가 아니다). 그런데 내가 워드로 쓴 이 글의 분량이 책으로 출판된다면 대체 어느 정도의 분량이 될지 알 수가 없었다. 그래서 계속 검색을 하다가 우연히 동영상을 보게 되었는데, 처음에는 많이 놀랐다.

어느 힘들어하는 여자가 나오는데, 『시크릿』을 알게 되고 나서, 행복해진다는 그런 내용들이 나의 글과 어쩜 그렇게 비슷한지. 하지만 원래 이야기라는 것이 다 그렇게 시작하는 게 아니겠는가? 이미 얘기한 것처럼 행복하게 잘 살던 사람이 무엇하러 이런 생각을 하겠는가?

조금 흠칫 놀랐던 부분이 있었는데, 양자 물리학자가 나와서 이야기를 하는 것이었다.

"아, 이런 생각 벌써 한 사람이 있었구나."

그런데 웬걸! 그 내용이란 것이 이 책의 내용과 전혀 다른 내용이었다. 기억도 잘 안 나지만.

동영상을 다 보고 느낀 점은

"대체 미래 만들기라는 하나의 이야기로 어쩜 저렇게 많은 사람이 저렇게 오랫동안 이야기를 할 수 있을까?"

하는 것이었다.

원래 미래 만들기란 것은 사람들이 다 알고 있는 내용이 아니었던가? 그들이 말을 안 해서 그렇지 내심 모든 사람이 미래 만들기 그런 것들쯤은 아주 감각적으로 그리고, 본능적으로, 직관적으로 알고 있다고 나는 생각한다. 그런데 왜 저걸 '시크릿'이라고 일컬으면서, 그리고 오랫동안 이야기를 하는 것인지 도통 이해가 가지 않았다.

정작 중요한 것은 동영상에서 말하는 그런 '시크릿'이 아니라, 그렇게 만들어진 미래가 지금 현재의 당신의 '간절한 바람, 당연하다며 생각하는 미래에 대한 생각'을 이미 만들었다는 것이다. 하긴, 이런 과거 만들기의 개념도 사람들은 본능적으로 알고 있는 내용이기는 하다. 자신이 본능적으로 직관적으로 그것을 알고 있다는 사실을 인식하지 못할 따름이다.

게다가 이 책은 다 읽고 나도 행복 그런 것들을 가져다 주는 것이 아니라 그냥 작은 기쁨을 줄 뿐이라는 사실은 그 책과 이 책의 또 다른 차이이기도 하다.

빛에 관한
이야기들에 대한
변명

빛이란 것은 자기 마음껏 양껏 대충대충 아무렇게나 다니다가, 누군가 자신을 바라볼라치면, 바로 아니 자신이 들키기 아주 오래전부터, 정자세 "차렷"이 되어 입자라는 성질을 띠는 것이다.

빛이라는 것을 아주 우습게 생각하는 사람들이 있다. 아마도 아직도 그 빛의 성질이 이 세상 이 우주와 무슨 관련이 있느냐? 하면서 물을 사람이 있을지도 모르겠다.

그 시꺼먼 유리벽을 보고, 빠져나가지도 못하고, 맨날 그 두려움에 사로잡혀 있던 중,

그 나를 바라보는 나의 눈을 보았을 때,

내가 처음으로 생각했던 하나의 사건은 '시간의 멈춤'이었다.

말 그대로 '그대로 시간이 멈춰버렸으면 좋겠다.'는 것이 아니라 '이런 상황에서 시간이 멈춘다면 그야말로 큰일인데…' 하는 생각에서였다.

시간이 멈춘다면 어떻게 될까?

아마도 모든 사람에게 이런 생각을 한번쯤 해 보았을 것이다.

영화에서처럼, 멈춰진 총알 사이로 헤집고 나가, 적의 귀싸대기를 한 번 날려볼까, 선생님이 들고 계신 답안지를 보고 와서, 만점 답안지를 내어 볼까?

그렇다. 나도 이런 생각, 했었다.

그런데 시간이 정말 시간이 멈춘다면 어떻게 될까?

내가 도달한 결론은 아주 끔찍할 것이라는 것이다.

사람이 무엇인가를 본다는 것은 그 사람이 바라보고 있는 물체에서 발생하거나, 반사된 빛을 바라보는 것이다.

따라서 시간이 멈춰 버린다면, 당신이 빛의 속도로 사방으로 달리지 않는 한, 세상은 말 그대로 암흑일 뿐이다.

뭐, 사람이 말하는 "시간이 멈춘다면"이라는 가정이 이런 것을 말하는 게 아니라, 시간이 멈춰서, 자신이 좋아하는 여학생한테 다가가서 키스 한 번 해보고 싶은 깜찍한 그런 발상에서의 "시간이 멈춤"일 것이다.

여기서, 빛을 예로 든 것은 사물의 성질에 대해 이야기하기 위한 가장 단순한 예이기도 하고, 독자의 흥미를 유발하기에 좋은 예이기도 했기 때문이다..

다른 모든 사물의 구성요소들도 이와 같다. 누군가에 의해 그 존재를 들킬 경우 다른 성질을 띠는 운명과 우연의 성질들을 각각의 모든 세상의 구성요소들은 고스란히 다 지니고 있는 것이다.

어쩌면, 신은 "세상에 대해 논하라"라는 아주 복잡한, 정신 산란한 시험 문제를 우리에게 내놓고는, 우리의 실력이 못 미더웠는지 문제지에 아예 대문짝만하게 정답을 써놓았는지도 모른다. 우리가 쉽게 이해하고 생각할 수 있는 좋은 예를 이용해, 아주 쉬운 말로써 말이다.

하나님이 말씀하시기를 "빛이 생겨라" 하시니, 빛이 생겼다

- **창세기** 1장 3절

대부분의 삶에 대하여
그리고,
어둠 속에서 나온
빛에 대하여

이해한 분들이 있을 것이다. 깨어난 분들이 있을 것이다.

그분들에게 더이상 해 줄 말은 없다.

이젠 알 테니까. 그냥 보일 테니까. 더이상 할 이야기도 없다.

왜 그들이 오늘 소개팅을 바람을 맞았는지, 그리고, 왜 서점에 들어왔으며, 왜 이 책을 읽게 되었는지, 그저 모든 것을 알 테니까.

하지만, 그렇지 못한 분들도 있다.

이제부터의 내용은 아직 이해하지 못한 사람들을 위한 내용이다.

그렇게도 여러 번에 걸쳐 "읽을 자신 없다면, 지하철 쓰레기통에 갖다 버리라"고 했는데, 왜 안 버리고, 여기까지 읽어서, 저자의 마음을 약하게 하는지 모르겠다.

우주가 어떻게 이루어져 있는지, 그렇게도 이야기했는데, 아직도 이해를 못하겠다면, 이제 남은 길은 별로 없다.

이 이야기를 하는 것은 좀 더 쉽게 본질에 대해 보여주기 위함이다.

세상은 그저 그렇게 당신이 만들어냈지만, 당신이 만들어낸 우주를 당신이 받아들이지 못하기에, 당신의 실제 모습을 좀 더 쉽게 보여주는 것이다.

삶이 계속 변하고 당신의 생각이 계속 변하고, 이에 따라서 당신의 우주가 계속 변하고, 당신의 현재의 변화에 의해 당신의 과거와 미래가 변하고 있다. 하지만 이렇게 역동적인 과거,

현재, 그리고 미래의 동시적 흐름, 그리고 당신이 만들어낸 우주의 무한한 움직임 그런 것을 받아들이기에 당신이 겁을 잔뜩 집어먹고 움츠려 있기에 좀 더 단순한 우주의 모습을 이야기하려는 것이다. 첫눈 내리는 날, 밖에 나가지 못하고 있는 당신에게 양말을 신을 정도의 힘을 실어주기 위해서.

움직이는 차 안에서 세상을 정확히 바라보기가 힘들기 때문에 가만히 서서 세상을 바라보는 방법을 말하려는 것이며, 일반 상대성 이론을 이해하기 어렵기 때문에 특수 상대성 이론을 말하려는 것이다.

뭐 이미 이해한 분들도 이해하지 못한 분들을 위한 다음에 이어질 내용을 함께 읽어도 상관은 없다. 별로 읽고 싶지 않겠지만.

이해를 돕기 위해, 중요한 이야기는 굵은 글씨로 표시해 놓았다.

간단하게 이야기하면, 영화 〈매트릭스〉와 비슷하다.

다른 점은 〈매트릭스〉에서는 누에고치 같은 배양기 안에 갇혀 있는 인간들이 생각하는 현실이 가짜 짝퉁 세상이지만, 진짜 현실이라는 구조 안에서는 여러분이 생각하는 현실이 진짜 세상이라는 사실뿐이다.

글을 들어오면서, 장황하게 그리고, 마치 자기가 무슨 큰 아픔을 겪은 사람인 양, 이야기를 시작하였다.

"거기엔 아무것도 없었다. 무섭다. 내 주위에는 색깔로 표현할 수 없는 시꺼먼 유리벽밖에 없다."

뭐 그러면서.

하지만 당신이라는 존재는 자기 자신이 인지하는 자신의 개념일 뿐이다.

당신은 당신의 살을 보며 당신의 육체를 당연하게 만들어냈고, 당신 주위의 세상을 보며 세상이라는 것을 만들어냈고, 밤하늘의 별을 보며 우주라는 것을 만들어냈다.

책을 보며, TV를 보며, 아직 가보지도 않은 저 먼 우리 은하의 중심을 만들어냈고, 가장 가까운 안드로메다 은하도 만들어냈다.

하지만 나처럼 당신의 주위에도 있는 것은 유리벽, 색깔로 표현할 수 없는 그 암흑의 유리벽밖에 없다. 그 어둠밖에 없다.

당신의 주변에는 온통 말로 표현할 수 없는 그 시꺼먼 유리벽뿐인 것이다.

그것이 실체이다.
당신 주위에 아무것도 없다는 것.
당신의 우주는 이미 당신이 만들어냈다.
성공한 부자로서의 당신, 단란한 가정에서의 엄마로서의 당신, 그리고, 이 모든 우주는 당신이 만들어낸 것이다. 당신이 오래 전부터, 당신이 태어나기 전부터, 당신이 만들어낸 것이다.
당신이 성공한 부자가 되고 싶어서, 지금 성공한 부자가 된 것이고, 그래서, 당신이 부자가 되기 위한 과거를 산 것이다.

당신이 너무나도 힘든 이 세상을 살고 있다면, 그 힘든 현실을 위한 과거를 당신이 지금 만들어내고 있는 것이다. 어쩌면 너무 가혹한 말인지 모르겠다. 하지만 알아야만 하는 사실이다.

과거, 현재, 미래.
이미 수차례 얘기한 것처럼, 잘 알다시피 과거가 현재에, 그리고, 현재가 미래에 영향을 주기만 하는 것은 아니다.
당신의 현재가 당신의 과거를 만들고, 그리고 당신의 미래가 당신의 오늘 현재를 만들고 있다.

그리고 당신은 계속되는 이 상호간의 영향들 속에 살아가고 있다.

아니, 그렇게 살아가야 하는 당신이 만든 우주의 형상 안에서, 당신의 삶을 살고 있는 것이다.

하지만 당신의 우주는 그래 봤자, 당신이 만들어낸 것이다.

당신 자신도 모르게 당신이 만들어낸 것이다.

당신의 우주를 한 번 둘러보자.

대체 무엇이 있는가?

밝은 저 태양빛이 보이는가? 저 눈부신 빛들, 저것들이 정말 저기에 있다고 생각하는가?

그렇다. 당신이 저 빛을 만들어낸 것이다.

아름다운 당신의 연인. 눈부시게 아름다운 그 사람. 그 또는 그녀가 거기 있는가?

그렇다. 당신이 눈부시게 아름다운 당신의 연인을 만들어냈다.

실존한다. 당신이 만들어낸 것이기에.

당신이 당신의 빛을 만들고, 당신의 사랑스러운 연인을 만들었다.

당신이 만든 우주 저 안에는 아름다운 별들도 있고, 황폐한 인간이 살지 못하는 별들도 있다.

이 모든 것을 당신이 만들어낸 것이다.

아름다운 과거의 추억들, 잊고 싶은 기억들, 성공한 미래, 실패한 미래.
이 모든 것을 당신은 지금 만들어내고 있는 것이다.
당신이 지금도 계속 이런 창조를 하고 있고, 당신이 이 세상에 태어나기 전에도 이 세상을 만들어왔고, 당신이 이 세상에서 죽는 그 이후 순간에도 당신은 계속해서 이런 것들을 만들어낼 것이다.
당신이 태어나기 이전의 기억나지 않는 과거를 지금 현재 당신은 만들고 있으며, 당신의 죽은 이후의 기억할 수 없는 미래를 당신은 지금 만들고 있다.

그리고, 생각을 한다. 기억나지 않는 과거와 기억나지 않을 미래를 생각하며, 당신의 기억을 살려놓은 그 삶을 생각하며, "아, 나는 이런 인생을 살고 있구나."

하지만, 다시 말하건대,

이 기 적
우 주 론

당신의 주위에는 그 어둠밖에 없다. 아주 시꺼먼.

당신은 지금 그저 인식 게임 비슷한 그런 것을 하고 있는 것이다.

'빛'을 인식하면서 빛을 만들어내고, '사랑'을 인식하면서 사랑을 만들어내면서.

그러면서, 아주 큰 우주를 만들어낸 것이다. 당신이 걸을 수 있는 땅도 만들고, 고개를 들어 바라볼 수 있는 하늘도 만들어내고, 가족도 만들고, 친구도 만들고, 연인도 만들고 하면서.

당신은 이미 자신에 속았다.

이미 속은 상태로 살고 있는 것이다.

암흑 속에 있으면서도, 이미 자신을 속이고, 이 창조의 게임을 하고 있는 것이다.

인식이 현실이 되는 그런 창조 게임.

그런데, 당신은 모르고 있는 것이다.

애당초 우주를 바라보는 당신의 인식이 무엇이 문제였는지

조차 모르는 것이다.

그렇다면, 이제 다시 한 번,

자기 자신을 속여야 한다.

저 튼튼한 유리벽이 보이지 않는다면 자신을 속여야 한다.

"당신은 유리벽 안에 갇혀 있다.

절대로 빠져나올 수 없는 저 유리벽 안에 갇혀 있다."

라고 말이다.

자신을 속여서, 자신의 원래 모습을 바라보아야 한다.

그리고, 다시 만들어야 한다.

자신의 모습을 다시 그려야 한다.

어떠한 제약도 없다. 준비물은 무한대이니 말 그대로 차고도

넘친다.

이제 만들기 시작하자.

더이상 슬픈 과거, 괴로운 과거는 없다.

당신은 현재에 살지만, 과거의 슬픈 기억들, 괴로운 기억들은 당신이 만들어낸 것이다.

이제 게임을 다시 시작한다.

이젠 그런 기억들도 없지만, 있다손 하더라도 미래의 당신의 우주 속에서 당신이 살고 싶은 당신을 위한 초석일 뿐이다.

지난 시험에 떨어졌기에 그것을 경험 삼아, 내일은 더 큰 시험에 붙는다. 물론 시험도 당신이 만든 우주의 일부일 뿐이다.

지난 날 실연을 겪었기에, 다음에는 아름다운 사랑을 한다. 역시, 물론 당신이 사랑하는 그 사람도 당신이 만들어낸 우주의 일부분일 뿐이다.

저 다양한 색체의 뭔지 알 수 없는 용광로에서 끓듯이 울퉁불퉁 솟아올랐다가 내려가기를 반복하는 당신의 우주의 재료들이 보이는가?

당신이 만들고 싶은 것 아무것이나 만들 수 있는.

하늘도 만들고, 땅도 만들고, 빛도 만들고, 비도 만들고, 바람도 만들자.

그냥 그것이 하늘이라고 생각하면 되고, 그것이 땅이라고 생 각하면 되고, 그것이 비라고 생각하면 되고, 그것이 바람이라 고 생각하면 된다.

당신이 만들어낸 이 모든 것들은 단 한 번의 배신도 없이, 당신의 하늘, 땅, 비, 바람이 될 것이다.

이 큰 은하, 이 큰 우주를 정복하고 싶다고?

그렇게 하고 싶으면, 그렇게 하면 된다.

하지만, 그것은 당신의 큰 은하, 당신의 큰 우주이다.

어차피 당신이 만든 당신의 우주고, 뭐라 할 생각도 없다.

우리는 삶의 의미를 밝힐 수 있는 어떤 공식이나 도식도 가지 고 있지 않다.

그러나, 그럼에도 불구하고 삶의 의미는 우리의 감각적 인식 보다도 더 확실한 것이다.

계시되어 있으면서도 감추어져 있는, 이 의미는 우리에게 무 엇을 뜻하며, 무엇을 요구하고 있는 것일까?

이 기 적
우 주 론

이 의미는 해석되어지기를 원하지 않으며, 또한 우리는 그것
을 해석할 수도 없다.

　그것은 다만 우리들에 의하여 실현되어지기를 바랄 뿐이다.

　　　　　　　　　　　　　　- 마르틴 부버 『나와 너』중에서

왼쪽 양말을
오른발에 신고
오른쪽 양말을
왼발에 신는 것에 대하여

이 책을 시작하면서, 이야기했다. 그리고, 글의 내내 이야기를 했다.

"이 책을 다 읽을 쯤, 당신은 기쁠지언정 행복하지는 않을 것이다."

라고.

하지만, 글을 잘 보면, 이런 내용도 있었다.

해피엔딩이 될 수밖에 없는 그런 삶을 만들어내었다는.

사실 이러한 생각들은 나에게는 기쁨뿐만 아니라 행복을 가져다주었다. 하지만, 다른 사람들에게 어떤 영향을 줄지 모르겠다. 나에게처럼 축복을 베풀어줄지는.

그래서, 행복에 대한 것에 대하여 미지수인 것이다.

나의 경우에 대해 이야기하자면, 난 행복하다.

언제나 마음이 편안하다.

아름다운 땅바닥들.

그리고, 세상의 바람을 아주 편하게 느낄 수 있는 하루하루가 행복하다.

유리벽에 갇혀 있다. 색깔로 표현할 수 없지만, 표현하자면 시꺼먼 그 유리벽 안에.

하지만, 나는 이제 알고 있다.
유리벽 안에 갇혀 있어도 우주를 내 품 안에 품을 수 있다는 사실을.

나갈 길은 없다.

하지만, 나갈 수 있다.

꿈이 필요한 때이다.

기분 좋은 꿈이.

어차피 갇혀 있는 것, 나가지도 못할 바엔 꿈이라도 꾸어야 하며, 꿈을 꿀 바에야 좋은 꿈을 꾸어야 하는 것이다. 그리고, 나가는 것이다.

아주 어릴 적, 어린아이였던 나의 일기장에는 이런 말이 적혀 있다.

"오른쪽 양말을 왼쪽에 신던지, 왼쪽 양말을 오른쪽에 신던지, 차이는 없다."

우주의 생성원리,
그리고
우리의 이야기들

　오늘 레오나르도 다빈치의 〈최후의 만찬〉을 보고 왔다.

　밀라노에서 내가 한 것이라곤 이 그림을 보고 방 안에 처박혀 있는 것밖에 없었던 것인 듯싶다. 왠지 이 그림을 봐야지 무슨 말 한마디라도 할 수 있겠다는 망상 같은 생각이 들었다고나 할까.

　사실 이 글은 아주 짧은 순간에 느껴진 자유로운 이성과 감성을 바탕으로 쓰이고 있다.

　하지만 글을 쓰는 시간이 아무 때나 그리 호락호락하게 허

락되지 않기 때문에, 그리고, 글을 쓰기 위해서는 아무런 제한
이 느껴지지 않는 자유로움이 먼저 허락되어야 하기 때문에,
그 느낌을 다시 떠올려 글을 쓴다는 것은 영 쉬운 게 아니다.
그리고 그 느낌을 다른 사람이 알아들을 수 있도록 표현하는
것은 더욱 힘이 든다.

앞의 글을 읽고 많은 독자가 혼란스러워 할 것이라는 생각
이 든다.
결국 '운명인가? 우연인가?'에 대한 대답은 없이 뭔가 두리뭉
실한 이야기만 늘어놓고 있는 듯한, 잡힐 듯 안 잡힐 듯 이상
한 이야기들.

아마 그렇기에 내가 글을 보낸 세 개의 출판사에서도 글의
출판을 거부했을지도 모르겠다.

좀 더 확실하게.
OBVIOUSLY.

이야기를 해야 할 필요가 있다.

좀 더 이해가 쉽도록 이야기를 해야 할 필요가 있다.

그래서 가정법을 이용해 본다.

온 우주는 '공명 물질'이라는 성질의 물질로 채워져 있다고 가정하자. 그리고, 이것을 alpha라고 하자. 입자라는 표현을 쓰지 않는 것은, 이 alpha라는 것이 우리가 생각하는 입자가 아닐뿐더러(물론 alpha는 입자의 성질 또한 가지고 있기는 하지만), 하나의 우주 전체적인 속성을 가진 것이기 때문이다.

이것은 공간상으로도, 아무리 먼 거리에서도, 서로 연결성이 존재하고, 시간상으로도 서로 연결성이 존재하는 그런 물질이다.

이 물질은 아주 독특한 것이, 공명을 일으키는 어떠한 것이 나타나면, 그것을 실현시킨다.

어렸을 적 공명 실험을 해 보았는가?

U자형으로 생긴 쇠굽이를 가지고 실험을 하는데, 여러 크기의 쇠굽이를 놓고, 앞에서 쇠굽이를 치면, 같은 크기의 쇠굽이

만 공명을 일으키는 그러한 시험이다.

우주의 원료는 이 alpha 하나뿐이다.

이 물질을 가지고, 우주가 창조된다.

그렇기에 "빛이 있으라" 하면 빛이 생겨나게 된다.

앞에서 말했듯이 신은 이미 모든 세상의 창조원리를 정답 그대로 아무런 숨김 없이, 그대로 말해주고 있다.

생각을 하고, 그 존재를 만들면, 그것이 생기게 된다는 것을.

이 우주는 무에서 창조되는 것이 아니라, alpha라는 독특한 성질의 찰흙을 가지고 만들어지게 되는 것이다.

하지만 알아야 할 것은 이 가상의 alpha라는 우주의 재료가 단지 신의 전유물은 아니라는 것이다.

이것은 원래부터 우주에 있던 것이고, 그 독특한 성질 때문에, 우주의 존재가 가능하게 되는 것이다.

나, 그리고 우리 모두 이 물질을 사용할 수 있다.

이 기 적
우 주 론

하지만 말 그대로 이 alpha라는 것은 공명 물질이다.

즉 alpha라는 것은 공명을 일으키는 주문 그대로 현실화가 된다.

"그녀가 나를 사랑하게 해 주세요."

라고, 당신이 당신의 쇠굽이를 친다면, alpha는 '그녀가 당신을 사랑하게 할 것을 당신이 바라고 있는 상태'를 현실화시킨다.

주문을 외우고자 한다면, 제대로 된 주문을 외워야 한다.

"그녀는 나를 사랑해."

라고 말이다.

다른 것도 마찬가지이다.

"내가 우리 회사의 사장이 되게 해 주세요."

가 아니라

"내가 우리 회사의 사장이에요."

라는 주문을 외워야 한다.

그게 무슨 주문이냐고? 바람이 아니라, 현실에 대한 묘사인데, 그게 무슨 주문이냐고?
그렇지 않다. 이게 바로 주문이다.

이게 바로 우주가 숨겨 놓은 운명과 우연에 대한 기본적인 속성을 당신이 눈치챌 수 없었던 가장 중요한 문제인 것이다.

이것이 주문이었기 때문에 당신은 이것이 운명의 결과인지 우연의 결과인지 알 수 없었던 것이다.

하지만, 다행스럽게도 당신이 좀 더 쉽게 이해할 수 있는 것이 있다.

주문의 범위를 미래로 확장시켜보자.
"3년 후 나는 이 회사의 사장이에요."

이 기 적
우 주 론

바람 같아 보이지 않는가? 하지만 이것도 주문이다. 나는 3년 후에 사장인 것이다.

이해가 힘들다면, 내일 이야기를 해보자.

"나는 내일 여기 이 자리에서 같은 일을 하고 있습니다."

그렇다. 내일 당신이 오늘 주문한 그것이 현실화가 되는 것이다 (사실 엄밀히 말하면, 내일 현실화가 된다기보다는 당신이 주문한 이 순간, 이미 내일은 현실화가 된 것이지만).

좀 더 이야기의 범위를 확장시켜보자.
과거로 말이다.

"나는 어제 그녀를 만났어요."

그렇다. 당신은 지금 주문을 하면서, 어제 그녀를 만난 것이 현실화가 된 것이다.

온 책에서 계속 같은 이야기를 하게 되는데, 사실이 그렇다.

어제 당신이 그녀를 만난 것은 오늘 당신이 주문을 외워서
이다.
당신이 오늘 주문을 외워서, 어제 그녀를 만난 것이다.

왜 종교에서 믿음을 강조하는지 아는가?
왜 종교에서 아무런 의구심 없는 절대적인 믿음을 강조하는
지 아는가?

그것이 기본원리이기 때문이다.

절대적인 믿음, 현실화되어 있다는 믿음, 그것만이 이
alpha라는 가상의 물질을 통제할 수 있는 유일한 수단이기
때문이다.
그래서, 모든 종교에서는 기도와 믿음을 기본 원리로 하게
되는 것이다.

이곳은 인도네시아 자카르타이다.

참 전 세계 여러 곳에서 이 글을 써 온 듯하다.

뉴욕의 타임스퀘어에서, 시카고의 시어스 타워에서, 홍콩의
점보 레스토랑에서, 밀라노의 산타마리아 델라 그라치에 성당
에서, 그리고 이곳 자카르타의 호텔에서.

저 멀리 가고 싶다는 어린 시절 풀밭에 누워 꾸던 나의 꿈은
이제 현실이 되었다.
아직 별은 가보지 못했지만.

아마도 갈 수 없을 것이다.

세상은 무서운 곳이다.

이 글이 절망과 슬픔 속에서 싹튼 이상,

아무리 우주의 구조를 알게 된들,

별은 갈 수가 없는 것이다.

이제 슬픔을 내려놓기를.

그리고, 조용히 세상을 바라보면서 생각해 보기를.

세상의 구조에 대해서. 그리고, 우주의 구조에 대해서.

"으앙! 엄마 어디 간 거야! 나만 남겨놓고 엄마는 어디 간 거야…"

엄마는 보이지 않았다.

늦은 오후 해가 질 무렵 잠에서 깨어나 처마 밑을 바라보니, 추적추적 비가 내리고 있었다.

한 시간을 넘게 울면서 엄마를 찾았지만, 엄마는 보이지 않았다.

이제 세 살이 갓 된 그 어린 친구는 그렇게 비를 바라보며 울고 있었다.

"엄마…, 내가 잘못했어. 돌아와 엄마…"

"눈 떠 봐…, 삼발아…."

삼발이는 흰둥이의 자식으로 태어났다. 하지만 태어날 적부터 앞발이 하나 없었던, 이 강아지는 아무도 데려가려 하지 않았고, 그 덕에 삼발이는 나의 친구가 되었다.

발은 세 개였지만, 동네 어느 강아지보다도 빠르고, 똘망똘망한 강아지. 삼발이.

어느 비 오는 날. 쥐약을 먹은 삼발이는 젖은 마당에 그렇게 누워 있었다.

"내가 잘못했어…, 제발 좀 일어나 봐봐…."

장화를 신은 어린 그 친구는 그렇게 비를 맞으며 울고 있었다.

그렇게 삼발이는 떠나갔다.

"죄송해요…, 아버지…."

버스 뒷좌석에 앉은 나는 창에 머리를 기대고 울고 있었다.

아버지께서는 저 앞쪽 왼쪽 자리에 앉아서 창을 바라보고 계셨다.

하지만 아버지의 어깨의 모습에서도, 아버지께서 흐느끼고 계신 것을 알 수 있었다.

왜 합격 불합격을 발표하던 그날, 그렇게 진눈깨비가 내렸는지 모르겠다.

그리고 한 번도 학교에 와 보셨던 적이 없던 아버지께서 왜 여기에 같이 오셨는지 모르겠다.

합격생 명단이 붙어 있던 싸늘한 학교 대운동장에부터 아버지와 나는 그렇게 말없이 걸어 나와 버스를 타고 집에 가고 있었다.

창밖으로 비인지 눈인지 모를 그것들이 내리고 있었다.

그리고 대학에 가고 싶었던 그 친구는 비인지 눈인지 모를 그것들을 바라보면서 울고 있었다.

"제가 잘못했어요…, 울지 마세요…, 아버지."

"상대방이 나를 싫어한다면, 그에게 다가서는 것은 죄가 되는 건가요?

상대방이 내가 그의 '너'가 되기를 바라지 않는다면, 내가 그를 '너'라고 생각하면 안 되는 건가요?"

연기로 가득 찬 바 안에서 나는 술에 취해서 말도 안 되는 질문을 바텐더에게 하고 있었다. 관심이라고는 온통 바 앞에 앉아 있던 여자 손님의 가슴골 사이로 팝콘을 던져 넣는 것이 전부였던 그 바텐더에게.

도무지 이해를 할 수 없었다.

"오빠…, 저기 할 말이 있는데요…"

"응…, 뭔데?"

"오빠…, 저 꼭 오빠랑 결혼해야 되는 건가요?"

"…."

그 오랜 시간 동안 마음에 두어 왔던 그 사람은 그렇게 말했다.

"오빠…, 저 꼭 오빠랑 결혼해야 하는 건가요?"

그 오랜 시간 동안, 십여 년의 그 오랜 시간 동안, 단 두 번 만났을 뿐인 나에게…; 그 사람은 그렇게 말했다. 그 두 번을 만나면서 한 것이라고는 커피잔을 만지작거리며 덜덜 떨고 있었을 뿐인 나에게…; 그 사람은 그렇게 말했다.

"…"

그리고, 그렇게 그날은 마지막이 되었다.

"상대방이 내가 그의 '너'가 되기를 바라지 않는다면, 내가 그를 '너'라고 생각하면 안 되는 것일까?"

이 질문에 대해 사람들에게 물어보고 다니기 시작했고, 매일 매일 술을 마시기 시작했다.

바에서 웨이터를 하고 있던 내가 할 수 있는 것이라고는 일이 끝나면 다른 바에 가서 술을 마시는 것뿐이었다.

"너 계속 이러면 족보에서 파낸다." 는 말씀과 함께 던져진, 아버지의 재떨이에 맞기 전까지, 그 질문은 계속되었으며, 결국 답을 들을 수는 없었다.

"내가 잘못했어…. 나한테 이러지 마…."

담배 연기 자욱한 바 안에서 자신이 미웠던 그 친구는 그렇게 울고 있었다.

"여보세요?"

"친구야…, 나 가슴이 너무 아파…."

"너무 걱정하지 마. 그거 갈비뼈에 있는 양성종양 때문이니까, 걱정 안 해도 돼…. 곧 나을 거야…."

"친구야…, 나 가슴이 너무 아파…."

"…."

"…친구가 죽었다…."

"그게 무슨 말이야?"

"친구가 죽었다고…."

그렇게 나의 친구는 떠나갔다.

아마도 그에게 마지막 연락이었을지도 모를 나의 문자마저 지워버리고 친구는 세상을 등졌다.

박사도 아닌 나를 박사라고 불러주던 나의 친구는 어느 비

내리던 날, 조용히 세상을 떠나갔다.

의경 시절, 길 가다가 우연히 만나 사 준 나의 그 초코우유와 소보루빵이 세상에서 제일 맛있었다고 웃던 친구는 그렇게 떠나갔다.

"내가 잘못했다…, 친구야…. 꼭 이랬어야 하는 거니."

그 산에서 그 하얀 가루를 보내며, 긴 한숨을 내 쉬던 그 친구는 그렇게 울고 있었다.

"죄송해요…, 아버지…."

그 큰 텅 빈 방 안 저 구석에 아버지는 힘겹게 앉아 계셨다.

아버지는 온몸에 관을 꽂은 채로, 고개를 숙인 채, 힘겨운 마지막 숨을 몰아쉬고 계셨다.

"죄송해요…. 아버지…, 제가 의사가 되어서 아버지께서 돌아가시게 된 거에요…. 죄송해요…."

아버지 앞에서 무릎을 꿇고 울고 있는 그에게 전화가 왔다.

"누나야…. 아버지께서 위독하시다…. 빨리 오렴…."

"…."

아버지는 그렇게 떠나가셨다.

그리고, 그 친구는 자신의 인생을 역겨워하며, 어이없이 그렇게 울고 있었다.

"제가 잘못했어요…, 아버지."

"사랑하는 나의 아들…. 너 이상한 생각 같은 거 하면 안 된다…. 나에겐 너밖에 없단다…. 너는 나의 보물이란다…."

"…."

'내가 잘못한 거야'

'내가 잘못했던 거야'

….

"그래. 네가 잘못한 거야"

….

"아니야. 난 잘못한 게 없어. 내 잘못이 아니라고."

"왜 그렇게 생각해? 네가 잘못한 거 맞잖아."

"왜 그런지는 모르겠어. 하지만, 내가 잘못한 게 아닌 것 같아."

…

"정말 그렇게 생각해?"

…

'아니. 내가 잘못했던 것이 맞나봐. 내가 잘못했어.'

…

"맞아. 네가 잘못한 거야."

…

'그렇지 않아. 나는 잘못하지 않았는데….'

…

자신에게 거짓말을 하면 할수록 피노키오의 다리는
점점 짧아졌답니다.
그리고, 마침내 움직일 수 없게 되었어요.
그렇게 움직일 수 없던 피노키오는 이제는 집 밖으로

나갈 수가 없었답니다.

피노키오는 친구들이 너무 보고 싶었지만, 아무도
피노키오의 집에 놀러 오지 않았어요.

친구들은 다리가 짧아진 피노키오와 재밌게 놀 수가
없었거든요.

그러기를 하루, 한 달, 그리고 일 년, 이 년, 삼 년….

"아이가 자꾸 벽에 머리를 박아요."

"넌 자폐증이야."

"얼마나 얘기를 해야 알아듣겠니? 그림을 그릴 때 경계 부위
에 이 시꺼먼 선 좀 그리지 말란 말이야. 왜 자꾸 이 까만 두
꺼운 선을 그리는 거니? 세상을 봐봐? 사람과 세상 사이에 대
체 무슨 이런 까만 선들이 보인다는 거지?"

When you're alone, Silence is all you'll be.

- Katherine Jenkins 〈**Abigail's Song**〉 중에서

이 기 적
우 주 론

이젠 그만할래.

이젠 선 그리는 것은 그만할래.

….

나 말고 다른 것들은 다 시꺼멓게 칠해버릴 거야.

우연과 운명은 하나인 거야.

그리고 우연과 운명 모두 다 내 마음대로인 거야. 내 마음대
로였던 것이고, 내 마음대로 될 거야.

오른쪽 양말을 왼쪽에 신던지, 왼쪽 양말을 오른쪽에 신던
지, 차이는 없어.

그래 이거 괜찮은데.

그런데,

그런데, 혹시 나의 하나뿐인 친구인 내가 나에게 물으면 어떡하지?

우연과 운명이 왜 하나냐며 나에게 물으면 어떡하지?

뭐라고 나에게 둘러대지?

아무도 관심도 없고, 잘 알려 하지 않는 게 좋겠어. 그리고, 알고 싶어도 알 수 없는 게 좋겠어.

이랬다저랬다 결론도 안 날만한 것이 좋겠어.
그리고, 내가 마치 논리적으로 진실되게 말하는 것처럼 내가 느끼면 좋겠어. (말하면서 눈을 깜짝깜짝거려선 안 돼.)

그러면, 어쩌면 내가 잘못한 게 없다고 생각할지도 몰라.

이 기 적
우 주 론

뭐가 좋을까?

그래. 이게 좋겠어.

.

그러던 어느 날, 너무도 힘들고 지친 피노키오는….

피노키오는 자신이 아닌 친구들에게 거짓말을 하기
시작했어요.
그러자, 짧아졌던 다리가 다시 점점 길어졌답니다.
이제 피노키오는 다시 집 밖으로 나갈 수가 있었어요.
하지만 친구들에게 거짓말을 하고 나서는, 코가 점점
길어지기 시작했어요.
쭉쭉~쭉쭉~.

이제 너무 길어진 코 때문에 피노키오가 할 수 있는
것이라고는 집 뒤의 풀밭에 누워 있는 것뿐이었어요.

쭉쭉~쭉쭉~.
코는 점점 길어져서 하늘의 끝에 닿았어요.

파란 요정이 물었어요.

"선물이 마음에 드니?"
"네. 너무 좋아요. 제가 원했던 선물이에요."

꿈을 꾸는 피노키오의 입가에 미소가 그려졌어요.

그리고는, 피노키오는 계속해서 꿈을 꾸었답니다.

끝.

이 기 적
우 주 론